오늘도 다행히 부부입니다

너무 밉지도 좋지도 않으면
그걸로 충분하다

오늘도
다행히
부부입니다

· 명로진 지음 ·

아침의
정원

일러두기

1. 이 책에 나오는 인터뷰의 내용은 인터뷰이의 말을 사실 그대로 옮긴 것입니다. 다만, 개인정보 보호를 위해 이름은 가명을 썼으며 사는 곳, 직업, 상황의 일부를 임의로 설정했습니다.

2. 집단상담에서 나온 이야기를 각각 다른 곳에 쓰기도 했으며, 1인 인터뷰를 집단상담처럼 인용하기도 했습니다. 인터뷰와 집단상담 등에 참여한 분들에게 이 책에 인용한다는 허락을 받았으나 놓친 부분이 있다면 추후 인용 축소, 삭제, 변경을 통해 프라이버시 노출을 방지하도록 하겠습니다.

상처받아 아름다운 부부를 위하여

"검은 머리가 파뿌리 될 때까지, 아플 때나 건강할 때, 슬플 때나 기쁠 때도 서로를 사랑하고 함께할 것을 맹세합니까?"
"네."

왜 그때 그렇게 대답했을까? "아니오. 저도 인간인데 아프면 짜증도 낼 거고 슬프면 생떼도 부리렵니다. 그리고 백년해로할 지 안 할지는 가 봐야 알 거 같은데요." 이렇게 대답할걸. 우리 는 애초에 불가능한 맹세를 하면서 결혼한 건 아니었을까?

나는 지금 1980~1990년대 최고의 신혼여행지였던 제주도 에 와 있다. 코로나 때문에 해외여행이 봉쇄된 2020년 현재, 이 곳은 대안 없는 신혼여행지가 됐다. 관광지에는 행복한 짝들로 넘친다. 저들은 그 실현 난망한 맹세를 거쳐 이곳에 당도했을 까, 아니면 서약 따윈 잊고 그저 즐기러 온 것일까? 젊은 한 쌍을 붙잡고 "저기요, 그 언약이란 게 얼마나 허망하고 부질없는지 알아요? 이제 하루가 멀다고 지지고 볶으면서 그 지겨운 부부생활을 이어나갈 텐데. 자신 있어요?"

사랑에 빠진 이들에게 이런 물음은 무의미하다. 그들은 '어떻게 사랑이 변해요' 하는 맹랑한 눈빛으로 서로를 쳐다볼 뿐이다. 이제 막 생겨난 사랑의 싹은 과습 혹은 건조로 말라버릴 잎의 미래를 모른다. 과잉 기대, 시댁의 간섭, 처가의 참견 등은 이들의 사랑을 과습으로 죽게 할 것이고 사교육, 권태, 외도 등은 이들의 애정을 바싹 마르게 할 것이다. 명백한 앞날에도 불구하고 저들의 눈빛은 맑으니 그것이 아마도 신혼의 힘이리라.

결혼은 무엇이고 부부란 무엇일까? 원고를 쓰면서 그 화두에 매달렸다. 나는 훌륭한 가장도 아니고 좋은 남편도 아니다.

우리 부부 역시 완벽한 커플이 아니다. 나는 세상의 커플에게 교과서적 훈시를 하기 위해 이 책을 쓴 게 아니다. 모범적인 부부용 자기계발서를 건네기 위해 자판을 두드린 게 아니다. 오히려 내 인생은 엉망에 가깝고 우리 부부의 시간은 미로를 헤맨다. 방황하고 좌절하면서 '그날의 맹세는 어디로 갔을까?'를 되새겼고 주례와 하객 앞에서 보였던 미소의 행방이 궁금했다.

이 책은 행복한 부부가 아니라 불행한 부부를 위해 썼다. 완벽한 결혼을 추구하기 위해서가 아니라 불완전한 생활을 벌충하기 위해, 바람직한 남편과 아내 상을 제시하기 위해서가 아니라 상처받고 아파하는 커플의 우울을 위로하기 위해서 썼다.

부부가 되어 4반세기쯤 살다 보면 즐거운 시간보다는 괴로운 시간이, 환희 넘치는 나날보다는 한숨 쌓이는 나날이, 가슴 설레는 세월보다는 속 썩이는 세월이 더 많다는 것쯤은 자동으로 알게 된다. 이즈음이면 배우자와 살고도 싶고 헤어지고도 싶다. 같이 살아도 그만이고 떨어져 지내도 그만이다. 준비하고 애태우고 단속하는 일도 지친다. 그저 무사하면 다행이고 살아 있으면 족하다. 그러니까, 묻고 싶은 것이다. 그 시절 심박수 120 넘게 이끌던 너에 대한 그리움은 어디로 갔느냐고.

집착과 포기 사이에서 외줄을 타며 부부는 살아간다. 같이 있으면 괴롭고 혼자 있으면 외롭다. 때때로 말도 안 되는 이유로 내 속을 뒤집어 놓지만 그래도 돌아서면 오롯이 떠오르는 오래전 어떤 웃음 때문에 나는 그녀를 용인하고 그녀는 나를 용서한다. 그때 그 미소 속에 우리 사랑의 싹이 놓여 있었기 때문이다. 함께하든 갈라서든, 갈라서다 다시 합치든 부부가 처음 서로의 속내를 확인하던 시간의 백색 순정만 잊지 않으면 된다.

세상에는 사람 수만큼 다양한 사랑이 있고, 별의 개수만큼 다채로운 사연이 있다. 옳거나 그른 것은 없다. 여전히 사랑하면 결혼했든 아니든 아름답다. 미움과 할큄, 비방과 패악이 판치는 세상에서 부부 혹은 커플이 서로에게 보여 주는 작은 사랑에 대해 이야기하고 싶었다. 이 책을 넘기면서 슬며시 웃는 독자가 있다면 그것으로 만족한다.

이 책을 세상에 나오게 해준 동아북스의 홍영미 편집장과 중매를 자처해준 선우미정 주간, 이 모든 관계를 이어준 김경집 선생께 머리 숙여 감사의 인사를 올린다. 더불어 25년 방랑자를 지켜봐 준 그분에게도.

2020년 가을 에메랄드빛 애월 바다를 바라보며
명로진

안녕하오, 당신들의 성생활

생각 너머

글을 마치며

매일 이렇게

남자의 영혼에는 아이가 산다

주희의 남편은 술도 담배도 여자도 모르는 범생이다. 게다가 지상파 방송국의 PD이니 얼마나 안정적인가.

누구나 그렇듯 신혼은 달콤했다. 예쁜 아이 낳고 잘 살았다. 겉보기에 완벽한 결혼이었다. 그러나… 세상 모든 남자, 아니 세상 모든 인간에게는 결점이 있다. 주희의 남편에겐 어떤 핸디캡이 있었을까?

영화 〈일곱 가지 유혹〉(2000)을 보면 평범한 회사원 리처드(브랜든 프레이저)가 같은 사무실의 앨리슨(프랜시스 오코너)의 사랑을 얻기 위해 악마와 거래를 한다. "일곱 가지 소원을 들어주면 영혼을 넘기겠다"고. 첫째, 부자가 되게 해 달라고 한다. 돈이 많으면 사랑을 얻기 쉬울 테니까. 악마는 리처드를 엄청난 부자가 되게 해 주지만 콜롬비아 마약왕으로 만들어 버린다. 하지만 리처드의 아내는 바람을 피우고 그의 목숨은 늘 위협받는다. 리처드는 바로 두 번째 소원을 말하는데 앨리슨이 감성적인 남자를 좋아한다는 것을 알고 시인이 된다. 시를 읊어주는 그에게 반하는 것도 잠시, 너무 감상에만 빠져 눈물 흘리는 리처드를 두고 앨리슨은 터프한 남자와 맥주를 마시러 간다. 세 번째, 유명한 농구선수가 되어 앨리슨의 마음을 얻으려 하지만 악마는 키도 크고 농구도 잘하는 리처드를 페니스penis만 작게 만들어 놓는다. 그걸 본 앨리슨은 바로 퇴짜를 놓는다. 네 번째, 리처드는 유명하면서 돈도 많고 페니스도 큰 작가가 되게 해 달라고 한다. 앨리슨은 그런 리처드를 좋아하고 리처드의 집으로 오지만 그들을 기다리는 건 리처드의 게이 애인이다. 리처드는 동성애자였던 거다.

이런 식으로, 아무리 완벽한 소원을 빌어도 허점이 있다. 악마는 그 빈 곳을 절대 놓치지 않는다. 결론은? 리처드가 평범한 회사원으로 돌아왔을 때, 앨리슨의 사랑을 얻는다. 어찌 보면 상투적인 듯하지만 그게 인생의 진리일지도 모른다. 진리는 늘 단순한 곳에 있으니까.

주희의 남편, 명문대를 나온 지상파 방송국 PD. 월급 빵빵하고 정년까지 보장되는 그의 문제는 뭐였을까? 어떤 부부도 갈등은 있다. 문제는 그 갈등의 해결 방식이다. 주희와 남편이 부부싸움을 하고 나면 남편은 자기 서재로 쏙 들어가 방문을 잠갔다. 잠시 후, 같은 아파트 단지 옆 동에 사는 시어머니와 시누이가 달려와 말했다.

"아니, 네 남편이 술을 마시니, 담배를 피우니, 바람을 피우니. 왜 또 싸움질이야!" 그 생활 3년 만에 주희는 이혼했다. 잘했다.

완벽한 것처럼 보였던 남편의 빈 곳에는 엄마가 자리하고 있었다. PD 님은 마마보이였다. 한국 남자 중에 "난 절대 마마보이가 아니다"라고 말할 사람이 몇이나 될까? 부끄럽게도 난 서른아홉까지 마마보이였다. 그해 추석에 부모님 댁에서 1박만 하고 오기로 했지만 2박을 하고 처가에 가지 못했다. "하룻밤 더 자고 가라"는 어머니 말씀 때문이었다. 아내는 귀가하자마자 가출, 4일 뒤에 돌아왔다. 그 3박 4일 동안, 나는 역지사지易地思之했다. 그때야 비로소 보였다. 아내가 많이 참았다는 것을.

매해 명절마다 우리 부모님 댁 방문과 처가댁 방문 횟수를 비교했더니 8:2 정도였다. 처가가 제주도라 우리는 명절에 한 곳을 정해 올인하기로 했는데 아내 입장에서는 그동안 시댁 방문이 많았지 친정 방문은 드물었던 거다. 그렇다면 시댁에 머무는 시간을 최소화해야 맞는데 어머니 한마디에 "OK!"해 버리니 마마보이가 아니고 무엇인가. 그때 나는 이렇게 말했어야 했다.

"하룻밤 더 자고 싶지만, 제이 외할머니 댁에도 가야 해서 이만 일어날게요."

그다음 해부터는 명절 아침에 부모님 댁에 가서 저녁때 돌아왔다. 그리고 아예 부모님 댁 방문을 스킵ˢᵏⁱᵖ하고 처가댁으로 직행하기도 했다. 더 나아가, 어느 쪽에도 가지 않고 아내와 아이만 데리고 여행을 가기도 했다. –'명절 한 번 안 쇤다고 죽냐?'라는 정신 이런 식의 배분 원칙은 절대 사소한 게 아니다. 중차대한 고려 사항이다.

그날 그 사건 이후, 나는 어머니보다 아내가 중요하게 됐다. 만시지탄晚時之歎. 늦었지만 다행이다. 하지만 이런 생각도 든다. 꼭 아내가 가출이라는 극단적인 선택을 해야 깨닫는 건가? 미리 배려하고 위해 주면 안 되었던가? 한국 남자뿐 아니라 세상의 모든 아들에게 엄마는 넘어야 할 벽이다. 창세기에도 나와 있다.

"그러므로 남자가 그의 아버지와 어머니를 떠나 여자와 합쳐지니 그들이 비로소 한 몸이 되느니라."

부모를 떠나야 한다. 정신적으로 육체적으로 그리고 공간적으로. 결혼하면서 시부모든 친정 부모든 의존하지 마라. 시부모나 친정 부모 가까이 살지 마라. 현재 주변의 50~60대를 보면 "아들 결혼할 때 전세라도 마련해 주어야지"라고 말한다. 내게도 20대 아들이 있다. 미안하지만 난 그에게 집을 마련해 줄 여력이 없다. 그래서 늘 세뇌시킨다. "결혼은 네가 알아서 하라!"고.

신혼인 후배 Q는 시댁에서 아파트를 사 주었다고 좋아한다. 그게 좋은 일일까? 아파트를 사 준 시어머니는 당연히 현관문 비밀번호를 요구한다. 왜? "내가 사 준 아파트 내 맘대로 못 오니?"가 첫 대사다. 그 시어머니는 시시때때로 방문했다. 김치도 두고 가고, 반찬도 쟁여 놓았다. "같은 단지 안에 사니 얼마나 좋은가?" 이게 시어머니 다음 대사다. Q의 남편도 그렇게 생각한다. 그도 마마보이다. 그들에게 묻고 싶다. 공짜로 얻은 수억 원의 아파트가 좋은가? 세상에 공짜가 어디 있나? 부부는 그날부터 시어머니 관할이다. 자유를 뺏기고 집을 얻은 것은 영혼을 악마에게 팔고 '마약왕'이 되는 것과 다르지 않다.

얼마 전 페이스북facebook에서 꽤 괜찮은 남자가 늦게 결혼을 한다면서 공식 구혼을 했다. 그 결혼 조건 중 하나가 '우리 어머니를 잘 모실 것'이었다. 어머니는 아버지가 잘 모시는 거다. 왜 아버진 놔두고 네가 모시려고 할까? "네가 모실 사람은 너의 아내란다"라고 말해 주고 싶다. 엄마와 아내 사이에서 엄마 편드는 남편은 어른이 아니고 어린이다. 결혼하지 말고 엄마랑 살지 왜 결혼했나?

남자의 영혼에는 아이가 산다. 그래서 이 족속들은 죽을 때까지 마미mommy가 필요하다. 영국 영어로 mummy는 엄마라는 의미와 동시에 미라, 생기 없는 사람, 시체라는 뜻이 있다. 엄마가 너무 사랑을 많이 쏟으면 아들은 좀비가 된다는 깊은 뜻이 있다. 대한민국에 그래서 좀비들이 많다. 그러니 때로 아내가 엄마가 되어 주는 게 맞다. 하지만 그와 같은 비율과 중량으로 남자가 아내의 아빠가 되어 주어야 한다. 여자의 영혼에도 아이가 살고 있기 때문이다. 서로 사랑한다는 건 어쩌면 그 영혼 깊은 곳에서 홀로 울고 있는 아이를 발견하고 보듬어 주는 행위일지도 모른다.

결혼해서 부부로 산다는 건 서로의 부모, 서로의 자식, 서로의 연인, 서로의 친구, 서로의 섹스 파트너, 서로의 소울 메이트

soul mate로 사는 것이다. 이 다발성 인격을 동시에 수행하려면 우리는 특립독행特立獨行의 인간이 되어야 한다. 당나라 문인 한유668~724가 그의 문집『백이전伯夷傳』에서 한 말인데, '독자적인 신념을 갖고 다른 사람의 말에 휩쓸리지 않게 산다'는 뜻이다. 한마디로 어른이 되어야 한다. 남편은 남편답게, 아내는 아내답게 혹은 파트너는 파트너답게 성숙한 인격체가 되는 게 우선이다. 오늘부터 마마보이, 마마걸이 아닌 어른으로 살아가자.

장례식장이냐 호텔이냐

"나 죽으면…, 재혼 해."

아내에게 말했다. 하지만 내가 죽은 후에도 그녀가 재혼 따위는 하지 않았으면 좋겠다. 인간은 이기적이다. 아니, 난 이기적이다. 내가 먼저 죽으면 아내두 나를 따라 죽길 바란다. 안 될까? 내 생각만 한다고? 아내가 죽으면? 난 따라 죽을 수도 있다. 당신 없는 세상, 살아서 무엇하랴! -아내 앞에선 이렇게 말한다. 안 그랬다면 어떻게 25년 동안 결혼생활을 유지했겠나?

얼마 전 선배 A가 암으로 사망해서 장례식에 갔다. 조문객이 뜸한 자정쯤 되니 A의 부인이 어디론가 사라졌다. 그의 누이가 빈소를 지켰다. 부인은 너무 피곤해서 근처 호텔에 방을 잡고 주무시러 갔단다. 이건 무슨 시추에이션^{situation}인가? A는 내게 친형제 같은 존재였다. 집에 돌아와 아내에게 말했다.

"자기 나 죽으면… 장례식장에서 잘 거야, 호텔에서 잘 거야?"

"그게 무슨 말이야?"

나는 A의 부인 이야기를 했다. '말도 안 돼. 무슨 그런 경우가 다 있어?'라는 대답을 기대하면서. 아내의 대답은 이랬다.

"A 선배가 뭐 잘못했나 보지."

여자들이란. 아니 아내들이란! 도대체 뭘 잘못했기에 그는 죽고 나서 그런 대접을 받을까? A씨에게 묻고 싶다.

"형! 무슨 짓을 한 거야?"

죽은 자는 말이 없다. 나는 아내의 대답에 '빈정'이 상했다. 세상에서 제일 무서운 것이 빈정 상하는 일이다. '빈정'은 비어 있는 정인데 그것이 상하니 없는 것이 더 망가지는 셈이다. 있지도 않은 정이 생생했다 상했다 하다니 참 아이러니하지 않은가. 나는 억하심정으로 물었다.

"그럼, 당신도 내가 죽으면 장례식장 가까운 호텔 잡아서 편히 잘 거야?"

"피곤하면 그럴 수도 있지, 뭘 그래?"

"뭐?"

기가 막혔다. 이래서 죽은 놈만 억울하다는 거다. 남편 죽었는데 잠이 오나? 하루 이틀 안 잔다고 죽나? 어차피 죽으면 영원히 자는 걸. 그래, 자라 자! 코 드르렁드르렁 골면서 자라고.

"평소에 잘하셔. 안 그러면 나도 호텔에서 잘 거니까."

아내는 이렇게 말하고 나가버렸다. '너의 평소 행실을 생각해 보아라. 가슴에 손을 얹고.' 그러니까 지금 언제 죽을지도 모르는 내 사망을 걱정하면서 그 이후의 장례식 때 아내가 장례식장에서 밤을 새울지 특급호텔에서 편히 주무실지를 고려해서 행동을 똑바로 할지 말지 결정하란 말인가? 내가 죽고 나서야 아내가 특급호텔에서 (혼자) 자든 말든 빈소를 지키든 말든, 재혼을 하든 말든 무슨 상관이란 말인가?

왜 상관없어! 내가 죽었는데 특급호텔은 무엇이며 재혼은 또 무어냐. 생각만 해도 피가 거꾸로 솟는다. 살아서 아내에게 아무리 잘해 봐야 무슨 소용인가. 만약 50대 중반인 내가 급사한다면, 여전히 30대처럼 보이는 아내는 수많은 남자의 유혹을 받을 것이다. -그녀와 난 두 살 차이 요가로 단련된 그녀는 키

163cm에 몸무게 48kg의 외모를 유지하고 있다. 얼굴에는 잡티 하나 없고 -몇 년 전에 다 제거함. 아직 새치도 거의 없으며 -한 달에 한 번 염색함. 주름도 볼 수 없다. -6개월에 한 번씩 피부과에 감. 말투는 나긋하고 성격은 순종적이며 결혼 25년이 되도록 내 앞에서 여전히 방귀를 트지 않을 정도로 천상 여자다. 이런 사람이 맘만 먹으면 할아버지들 다 죽는다.

지금도 호시탐탐 그녀 주위에 얼치기들이 얼쩡거리는데 내가 죽으면? 아름다운 미망인 아니 섹시한 과부인 그녀를 그들이 가만 놔둘 리 없다! 전화하고 만나자 하고, 저녁을 먹으면서 와인 한잔을 곁들이겠지. 얼마 전, 아내는 업무차 중소기업 사장인 70대 노인을 만났는데 롤스로이스를 몰고 와서 재산 자랑을 하더란다. 미팅이 끝날 무렵 유부남인 그는 뻔뻔하게도 "친구와 애인 중간 정도 되는 사이로 지냅시다"라고 말했단다. "나 아직 안 죽었어요"라면서. 살았으니 실없는 농담도 하고 죽고 싶어 환장도 하는 거겠지. 이 말을 전하면서 아내는 눈 하나 깜짝 않고 말한다. "나도 아직 안 죽었어. 나가면 이렇게 남자들이 줄을 선다, 줄을 서!" -파스 냄새나는 노친네들이겠지.

쓰다 보니 또 팔불출 짓을 했다. 결국 제 마누라 예쁘다는 소리다. 25년 동안 이렇게 살아왔다. 가정을 지키기 위해서, 하나밖에 없는 아들을 위해서. '지는 게 이기는 거'라는 진리를 실천하기 위해서.

A 부인은 그날 남편을 잃은 슬픔을 달랠 길 없어 혼자 아픔을 삭이기 위해 호텔 방을 잡았을 거다. 평소 귀족 같은 품위를 유지했던 망자의 명예를 지키기 위해 울고불고하는 모습을 보이기 싫었을 거다. 그리하여 그녀는 애이불비哀而不悲의 자세를 고집했을 것이다. 그러나 30년 가까이 함께 살았던 짝을 먼저 보내는 애통함을 가눌 길 없어 자정 무렵, 기어이 특급호텔 객실을 찾아 하늘이 무너지는 괴로움을 혼자 감당했을 것이다. 나는 그렇게 믿고 싶다.

"먼저 죽을 생각하지 말고, 같이 잘살 생각이나 해."

그날 잠자리에서 아내는 내게 조용히 말했다. 아, 그럼 그렇지. 역시 내 사람, 내 사랑이로구나. 감격에 겨워 눈시울이 뜨거워지려는 순간, 그녀는 덧붙인다.

"나 아직 못 해본 거 많아. 나도 호강 좀 하자."

어쩌다 우리는

"같이 있어도 좋은 걸 모르겠어."

결혼 20년 차 이진희 씨가 푸념을 한다. 그녀는 외벌이 하는 남편이 안쓰러워 기회가 있을 때마다 일을 했다. 아이를 둘 낳고 양육에 정신없을 때도 대학 때 전공을 살려 디자인 아르바이트를 했다. 한 달 평균 100만 원 정도 벌어 아이들 사교육비로 충당했다. 자신은 다른 전업주부들에 비해 꽤 수입이 있다고 생각하지만 남편은 '새 발의 피'라고 여긴다. 남편은 중견 제조 회사에 다니며 실력을 인정받는 베테랑 영업사원이다. 연애결혼이니 사랑해서 결혼한 건 맞다. 왜 같이 있어도 좋다는 느낌이 안 들까? 진희 씨는 며칠 전 있었던 일을 이야기했다.

"오랜만에 친정에 가서 저녁을 먹었어요. 남편은 지방에서 근무하는데 격주로 올라옵니다. 그날이 하필 남편이 오는 날이었어요. 언니와 형부도 와 있었기에 남편한테 '이쪽으로 오라'고 했지요. 그날 친정엄마가 김치를 주시는 날이라 차를 몰고 가 있었어요. 여기 들러서 오랜만에 엄마와 언니도 보고 가자고 했더니 남편이 대뜸 '술 마셨어?'라고 묻는 거예요. '아니, 당신 오면 이제 한잔하려고' 하니 '그럼 운전은?' 이러네요. '그냥 대리 불러. 나도 피곤해' 하고 그는 바로 집으로 가버렸죠. 남편은 여수에서 KTX를 타고 오니 피곤하기도 할 거예요. 그래도 그땐 정이 확 떨어지더라고요."

나는 진희 씨의 말을 듣고 왜 그녀가 남편에게 '정이 떨어지는지' 이해되지 않았다. 도대체 뭐가 잘못된 건지 이해할 수 없었다. 남편이 지방에서 근무하는데 격주에 한 번 올라온다. 남편은 일하느라 지친 상태다. 그런데 아내가 술 마시는 거 따라가서 한 잔도 못 하고 기다리고 있다가 운전해서 집에 모셔다 달라? 이건 좀 너무하지 않은가? 진희 씨의 말이 이어진다.

"좀 다정하게 얘기해줄 수도 있잖아요. '오랜만에 어머니 댁에 갔구나. 알았어. 운전 내가 할게. 처형이랑 얘기하고 있어'

이렇게 말해 주면 좀 좋아요? 아니 자기도 와서 한잔하면, 그때 대리 불러서 가면 되잖아요. 내가 남편을 운전수로 쓰겠다는 게 아니에요. 자기도 우리 엄마 본 지도 오래됐고 언니랑 형부도 있으니 들를 수도 있잖아요. 지난 여름휴가 때 남편이 급히 8월 초에 시간이 나는 바람에 숙소 구하기가 힘들었어요. 그때 형부가 제주도 콘도 회원권을 내주는 덕에 고맙게 갔다 왔거든요. 남편이 일부러 형부 만나기도 그렇고 이런 날 와서 한잔하면서 '고맙다' 하면 좋잖아요."

진희 씨는 '관계'를 이야기하고 있었다. 여자는 관계를 중요시하고 남자는 '업적'을 중요시한단다. 옆집에 식초를 얻으러 가서도 우리 어머니는 한 시간을 이야기하다 오셨다. 이야기하다 왜 갔는지도 종종 잊으셨다. 이런 식이다.

어머니: 애숙 엄마, 오늘 뭐 맛있는 거 하나 봐?
애숙 모: 에구, 네. 홍자(애숙 어머니 동생)가 온다고 해서요.
어머니: 1년 만인가?
애숙 모: 네. 아들 낳고 처음 오는 거니까요.
어머니: 그러게…, 떡두꺼비 같은 아들 낳았으니 보내 주지…. 나도 미경이 낳고 3년 동안 친정에 못 갔어.

애숙 모: 저도 친정 간 지 오래예요.

어머니: 멀기도 하잖아, 완도가.

애숙 모: 그래도 애숙 아빠가 못 이기는 척 가 주면 좋은데.

어머니: 응. (조용한 목소리로) 애숙 할머니는 마실 가셨어?

애숙 모: (눈치를 보며) 예. 이층집 아주머니 댁에요.

어머니: 애숙이 다리 다친 건 어떻게 됐어?

　　　어쩌구 저쩌구.

이렇게 담소를 나누다 애숙이네 요리하는 것도 도와주다가 한 시간 뒤에 식초를 얻어 오신다. 만약 아버지가 옆집에 망치를 빌리러 간다? 5분도 안 걸린다.

아버지: 애숙 아빠, 망치 있어?

애숙 부: 예, 형닝. 여기요.

　　　끝.

다시 진희 씨 이야기로 돌아가 보자. 아무리 관계가 중요해도 남편을 먼저 생각해 주어야 하는 것 아닌가? 지방 근무에 격주로 만나는 주말부부인데, 그런 날은 집에서 기다려 주는 게 낫지 않은가?

"물론 남편이 피곤한 거 알아요. 하지만 저는요? 남편은 자기 한 몸 건사하면 되지만 저는 두 아이 뒤치다꺼리하랴, 살림하랴, 부업하랴 힘들긴 마찬가지예요. 남편은 제가 집에서 노는 줄 알아요. '집에 있으면서 뭐 그리 바빠?'라는 소리를 입에 달고 살지요. 제가 직장에 한 3년 다니던 때에도 남편은 늘 자기가 더 피곤하고 더 일 많이 한다고 여겼어요. 남편의 공을 인정하고 고맙고 그래요. 유세하는 것도 받아 줄 수 있고 제가 남편한테 '우쭈쭈~'도 해 줘요. 하지만 매번 그러면 지쳐요. 한 번쯤 나를 위해 시간을 내줄 수도 있잖아요. 부부가 뭔데요?"

뒤통수 제대로 맞았다. 그러게. 부부가 뭔데? 아내가 힘들면 남편이 도와주고 남편이 피곤하면 아내가 거들어 주는 것. 아내가 아프면 남편도 아프고 남편이 기쁘면 아내도 기쁜 것. 검은 머리 파뿌리 될 때까지 비가 오나 눈이 오나 바람이 부나 함께 할 것. 건강할 때나 병들 때나 서로를 위하는 것. 그게 부부 아니던가? 그렇게 살자고 주례 선생 앞에서 맹세하지 않았던가? 그렇게 살겠다고 바쁜 사람 주말에 모아 놓고 결혼식 올리지 않았던가?

"난, 남편이랑은 죽어도 같이 여행 안 가. 차라리 처음 보는 사람이랑 가지."

중년인 해리 씨가 열을 올리며 이렇게 말한다. 해리 씨의 남편은 사회적으로 인정받는 중소기업 CEO다. 지역 상공인 모임의 회장이고 자선사업 동아리 명예 대표이기도 하다. 한마디로 밖에서는 존경받는 인물이다. 안에서는?

"손가락 하나 꼼짝 안 하고 시켜 먹는데 아주 질린다."

처음 해리 씨와 남편이 만났을 때, 그녀도 남편도 고졸이었다. 남편이 직장에 다니면서 야간대학을 다녔다. 그녀는 공부하는 남편이 자랑스러워 기쁘게 뒷바라지를 했다. 남편이 10년쯤 회사를 다니다 이번에는 경영학 공부를 한다고 대학원에 다니겠다고 해서 그녀는 아르바이트를 해 가며 학비를 보탰다. 퇴직 후 창업을 했는데 한 번 망했다. 없는 살림에 남편은 무슨 공부를 또 하겠다는 건지 박사학위에 도전했다. 경영학 박사과정을 수료하기까지 해리의 고생도 대단했다. 어렵고 힘들어도 견디고 버티었다. 그 고생 덕에 이제는 살 만하다. 그런데 왜?

"남편은 어려운 시절 버릇이 아직도 몸에 배어 있어요. 밖에서는 돈도 잘 쓰면서 집안에서는 구두쇠야. 특히 자기 마누라한테는 아주 인색해요. 나도 이제는 여행도 하고 싶고 와인 스쿨도 다니고 싶고 그렇단 말이에요. 그런데 아직도 돈줄을 꽉 쥐고 있으면서 내 맘대로 십 원 한 장 못 쓰게 해."

갈등이 있을 때는 쌍방의 이야기를 들어 봐야 한다. 안타깝게도 해리 씨 남편은 만나볼 수 없으니 그녀의 말이 진실인지 아닌지는 알 수 없다. 다만, '같이 여행가고 싶지 않은 사람 0순위가 남편'이란 말은 그녀의 진심 같았다.

"뷔페에 가서도 뭘 그리 시키는지. 자기는 한 번 갔다 오고 나서 다음엔 나보고 계속 '이거 갖고 와라, 저거 없다' 하고 부려요. 그러니 안 봐도 뻔하지. 여행? 아마 가면 즐거운 추억이 아니라 하녀생활일걸요?"

해리 씨의 남편은 결혼 30년이 가깝도록 양말 한 짝, 손수건 한 장 빨아 본 적이 없다. 청소는 물론이고 음식물 쓰레기 처리를 어떻게 하는 줄도 모른다. 밥? 하이고. 쌀이 어디에 있는 줄 모르고 쌀이 있다 한들 밥을 할 줄 모르며 밥을 했다 한들 반찬을 어떻게 꺼내 나열하는지도 모른다. 눈앞에 보이는 냉장고 속 조개젓도 찾지 못한다. 하물며 김을 가위로 자르는 방법도 모른다. 정말 심각한 수준이 맞다. 그런데 현재 한국 중년 남성 중 해리 씨의 남편과 비슷한 사람이 꽤 많다.

물론 나는 상당히 살림을 돕고 있다. 아내를 꽤 생각해 준다고 믿는다. 아내 역시 나와 함께 여행하는 것을 원한다고 생각한다. 그녀에게 물었다.

"다음 휴가 때 여행 갈까?"

"여행? 갑자기 왜?"

어쩌다 우리는 이렇게 됐을까?

어떻게 사랑이 변하냐고 묻던

그날의 다짐과 미소의 행방이 궁금하다.

내겐 너무 잘난 그대

몇 해 전, 1년 동안 지방 방송사에서 장인匠人을 찾아다니는 다큐를 찍었다. 나는 리포터로 목포부터 부산까지 남도를 누비 며 그분들을 만났다. 세상에는 장인의 종류도 참 많았다. 대나 무 낚싯대 장인, 나전칠기 장인, 옥공예, 철공예, 투우土偶, 흙으로 만든 사람이나 동물의 상와 서각에 이르기까지.

샌드아트를 하는 주홍 작가나 종이공예가 오석심 님처럼 여 성도 있었지만 남성 장인이 더 많았다. 이들을 찾아가 촬영을 할 때, 부인의 반응은 주로 세 가지다.

첫째, 나타나지 않는다.

알아서 찍고 와야 했다. 부인이 직장을 다니거나 일이 있으면 모르겠으나 그렇지 않은데도 아예 얼굴을 보이지 않을 때도 있었다. 장인으로서 성공했을지 모르지만 남편으로서 불행한 경우다. 대체로 돈이 되지 않는 공예를 너무 오랜 시간 동안 골몰하면 부인에게 괄시를 받는 사례가 많았다.

둘째, 담담히 도와준다.

의무적으로 남편의 일을 돕는 차원이다. '당신은 당신의 일을 하니, 나는 내 일을 한다'는 이런 식. 공예품 판매수입도 적당하고 가정에도 소홀히 않는 대부분의 장인이 여기에 해당한다.

셋째, 적극적으로 돕는다.

인터뷰한 장인 중에서 부인에게 최고의 대우를 받는 이는 어느 도예가였다. 무엇 때문이었을까? 도예가 A씨의 집은 일단 넓고 깔끔했다. 부부 공간, 손님 공간이 구분되어 있어서 일과 생활을 철저히 분리했다. 점심때가 되자 식사를 내왔다. 방송사에서 촬영을 나가면 원칙상 방송사 부담으로 식사를 한다. A씨의 경우 가마와 작업실에서 대부분 촬영이 이루어진 데다 외진 곳에 있어 식당을 오가기 어려웠으며 부인이 식사접대를 원하여 한 끼 신세를 졌다. 그런데 나오는 그릇을 보고 입이 떡 벌어졌다. 간장 종지 하나도 예술이었다. 음식 종류가 많아서가 아니라 적은 양의 음식도 크고 멋진 도자기에 담아 내와서 상다리가 부러질 지경이었다. 된장도 값비싼 공예품에 담으니 훨씬 고급스럽게 보였다. 음식을 내올 때마다 우리는 감탄했다. 그러니 셰프 입장에서 요리하고 싶지 않겠나?

A씨의 작품은 고가였고 잘 나갔다. 안정적이고 높은 수입은 기본이다. A씨는 앉아 있지 않고 함께 접시를 날랐다. 이들 부부에게서 좋았던 점은 부인도 함께 작품 활동을 하면서 선물용 도기를 만든다는 거였다.

"남편 혼자가 아니라 저도 같이 일 한다는 거…, 그게 좋아요."

그리고 무엇보다 중요한 건 A씨가 부인을 대하는 태도였다. 여전히 눈에서 꿀이 떨어졌다. 보는 사람도 '아, 아내를 진짜 사랑하는구나' 하는 생각이 들었다. 그러니 남편을 찾아온 손님에게 잘해 줄 수밖에.

'남편은 자아실현을 하고 아내는 뒷바라지를 한다'는 옛말이다. 부부 모두 인도 하고 살림도 해야 한다. 자아실현은 동시에 이루어져야 한다. 뒷바라지도 동시에 해야 한다. 가장 좋은 건 남편, 아내 모두 자기 일을 하면서 서로 최대한 돕는 거다.

2010년, 축구선수 박지성 씨가 총각이었던 시절에 그의 부친이 한 여성지와 이런 인터뷰를 한 적이 있다. "며느릿감으로 연예인, 판검사 같은 전문직 여성은 절대 반대다. 세계를 무대로 뛰는 축구선수를 내조할 수 있는 여성을 원하기 때문이다." 이 말이 논란이 되자 얼마 뒤 박성종 씨는 "연예인도 그 자리에 오르기까지 얼마나 힘들었겠나. 그런 의미이고 이제는 아들이 좋다면 누구나 OK"라며 한발 물러섰다. 이제 시대가 달라졌다. 남자도 외조해야 한다. 아니, 내조 외조 합쳐서 협조해야한다. 지금은 내외가 없으며 바깥과 안의 구분이 사라졌다. 여성이 자기 분야에서 전문적으로 능력을 발휘해야 행복하고 그녀가 행복해야 남편도 행복해진다. 한 사람을 밀어주는 시대는 지났다. 서로 밀어주고 끌어주는 게 21세기 부부상이다.

이인삼각二人三脚을 하면 처지는 사람 보폭에 맞춰 가게 된다. 프랑스 작가 앙드레 모루아는 "부부란 둘 중에 낮은 수준의 사람에 맞춰 살게 마련이다"라고 했다. 그러므로 한 사람만 잘나선 아무 소용이 없다. 남편이 박사학위 땄다고 나까지 똑똑해지는 것 아니고, 아내가 패션 디자이너라고 나까지 화려해지는 거 아니다. 둘 다 잘 나가야 하고 둘 다 교양 있어야 하며 둘 다 멋진 사람이어야 한다.

세상은 제스처다

요즘에는 그런 일이 없지만, 내가 직장에 다니던 1990년대
엔 -라떼는! 술을 마시다 동료나 선배 집에 가서 한잔 더 하고
잠을 자기도 했다. 친구를 집에까지 데려오는 건 오버다. 하지
만 차도 끊긴 데다 휴대폰도 없던 시절, 부득이하게 남의 집에
서 하룻밤 신세를 지기도 했다. 이건 자주 있어선 안 되지만 어
쩔 수 없이 일어날 수도 있는 해프닝이었다. 이런 해프닝에 어
떻게 대처하는가가 부부의 미래를 결정한다.

나의 신혼 때도 죽마고우 두엇이 신혼집에 와서 며칠씩 자고
가곤 했다. -어휴, 예의 없는 놈들 지금도 아내에게 고마워하는 게
있다. 그 상황에서 내 흉을 보지 않고 친구 흉을 봤다는 거다.

"그 ○○ 씨는 집에도 안 가고 너무 심했어."

친구가 하룻밤 머문 다음 날엔 내가 먼저 '집에 좀 가라'고 친구 등을 떠밀었다. 그런데도 안 가는 지독한(!) 녀석도 있었다. 형제 같은 친구는 때로 인생의 독이다. 이런 상황에서 아내가 남편에게 화살을 돌리는 '네 탓' 메시지가 아니라 '그 탓' 메시지를 보여주니 그 누구도 감정이 상하지 않았다.

반대의 경우 난 좀 다르게 대처했던 것 같다. 한 번은 아내가 친구 말에 넘어가 말도 안 되는 피부시술을 하고 3백만 원을 쓴 적이 있다. 그 시술은 효과가 없었으니 돈만 날린 셈이다. - 돈 뜯어간 이는 20여 년 전, 여의도에서 식물의 씨를 갈아 얼굴에 발라 독을 없앤다는 김XX 피부관리숍 원장 난 대뜸 이렇게 반응했다.

"당신은 왜 그렇게 귀가 얇아!"

차라리 "당신 친구가 문제네" 혹은 "그 원장 완전 사기꾼이잖아"라고 말했어야 했다. 그랬으면 아내를 직접 비난하지 않으면서 결국은 아내를 비난하는, 소기의 목적을 달성했을 텐데 바로 속내를 드러내 버리니 그 후로 몇 달 동안 냉전을 겪어야 했다.

아내라고 늘 '그 탓'을 하는 건 아니다. 내가 섭섭하게 생각하는 대꾸는 이런 거다. 피아노 전공하는 아이 때문에 사교육비가 모자라 힘들었던 시절이 있다. -그 시절은 현재 진행형이다.

> 나: 아, 이번 달 레슨비가 초과다. 어쩌지?
>
> 아내: 어떻게든 마련해 봐야지.
>
> 나: 어디 융통할 데 없어?
>
> 아내: 그런 건 당신이 알아서 해야지. 가장이 뭐야?

가장이 뭐야? 아빠가 뭐야? 뭘까? 엄마가 살림하는 주부가 아니듯 아빠도 사교육비 뱉어내는 현금 인출기가 아니다. 그렇다면 이런 대화도 괜찮겠지?

> 아내: 오늘 설거지 좀 도와줘요.
>
> 남편: 무슨 소리야? 당신이 해야지. 주부가 뭐야?

아내에게 수입이 없을 경우 남편이 재정적 어려움을 호소하면 딱히 할 일이 없다. 이럴 때 세상 모든 아내들의 마음은 얼마나 막막할까? 외벌이일 때 아내의 혹은 부부 공동의 경제 운용은 중차대하다. 맞벌이여도 마찬가지다. 우리는 자본주의 사회에 살고 있기에 자본이 떨어지는 건 피가 마르는 것과 같은 압박이다. 외벌이든 맞벌이든 상황은 마찬가지다.

남편: 이번 달 학원비가 딱 떨어졌네. 어쩌지?

아내: 그래요? 음…, 내가 어떻게 해 볼게.

이보다 더 괜찮은 대화를 상상한다.

남편: 이번 달 학원비가 없다. 어쩐다?

아내: 학원 한 달 안 보내지 뭐.

학원 한 달 안 보낸다고 큰일 나는 거 아니다. 지금 내 아이는 독일에서 유학 중인데 매달 3백~4백만 원의 경비를 보내느라고 난 등골이 휜다. 나도 이런 대화 좀 하고 싶다.

남편: 이번 달 유학비가 없다. 어쩌지?

아내: 귀국시키지 뭐. 유학 안 했다고 죽나?

브라보!

지인 중에 신사요 양반인 K가 있다. 한번은 K 부인에게 물었다. K도 화낼 때가 있느냐고.

"가족과 함께 있을 땐 너무 점잖죠. 그런데 운전할 때는 사람이 돌변해요. 한번은 나하고 딸아이들이 타고 있을 때 트럭이 보복운전 비슷한 걸 한 적이 있어요. 그때 간선도로 갓길에 차를 세워 놓고 남편이 트럭 운전사한테 이 세상 쌍욕은 다 퍼붓는 거예요. 저도 놀라고 아이들도 놀랐죠. 그날 밤 딸아이가 물었어요. 아빠도 욕을 하느냐고. 그랬더니 남편이 그러는 거예요. '엄마하고 우리 민정이 수정이를 위험하게 만드는 그런 인간들한테는 백 번이라도 욕할 거고 천 번이라도 주먹을 날릴 거야'라고. 그 얘길 들으니 왠지 든든하더라고요."

선배 중에 무려 28세 연하 여성과 결혼한 분이 있다. 선배가 53세 때 25세 형수를 만나 부부가 됐다. 한번은 그의 집에 놀러 갔더니 부인이 왼손 검지를 밴드로 감고 있었다. 그들의 대화다.

선배: 손 왜 다쳤어?

부인: 요리하다 베었어요.

선배: 뭐? 괜찮아?

부인: 살짝 다친 거예요.

선배: 어디 봐. (밴드를 걷어 본다) 이런 씨…, 이런 개 같은….

부인: ….

선배: 칼 다 가져와. 다 없애 버릴 거야.

농담 1도 없는 실제상황이다. 부인은 '풋' 하고 웃어 넘겼지만 눈에는 사랑이 가득했다. 나는 그때 짐작했다. '아, 저 형이 저렇게 해서 형수의 마음을 샀구나.' 우리는 이런 상황에서 보통 "조심하지 그랬어"라고 응대한다. '네 탓' 메시지다. "이런 나쁜 칼 시키!"는 '그 탓' 메시지다. 이게 듣는 사람도 좋다. 그러나 우리 보통 사람들은 그렇게 슬기롭지 못하다.

남편: 나 1억 사기당했어.
아내: 뭐? 무슨 소리야? 누구한테?
남편: 홍길이한테.
아내: 그러게 내가 그 사람 믿지 말라고 했잖아. 당신 제정신이야?

아무 도움이 되지 않는 대화다. 사기당한 사람 탓을 한다고 그 돈이 돌아오겠나. ─하긴 나도 1억 사기당하면 미쳐버릴 것 같다만 그래도…, 이렇게 대화하자.

남편: 나 1억 사기당했어.
아내: 뭐? 누구한테?

남편: 홍길이한테.

아내: (갑자기 옷을 챙겨 입는다)

남편: 어디 가? 집 나가는 거야?

아내: 내가 이 씨벌 놈 잡고 말 거야.

브라바! 세상은 제스처다.

가족 모두를 위한다면 독립이 답이다

아이를 낳으면 남편에게서 사랑을 거두어 가는 여자, 아이에게 100%의 애정을 쏟는 여자들이 있다. 모성본능 때문이라 해도 이건 잘못이다. 그 어떤 상황에서도 부부는 0순위여야 한다. 아이가 태어나는 순간 '네가 성인이 될 때까지 교육하면 그만이다'란 생각을 가져야 한다. 오래 돌봐 주고 뒷바라지할수록 아이는 '부모 의존증'에서 벗어나지 못한다. 부부가 먼저고 그다음이 아이다. 시부모나 친정 부모는 아이 다음이다. 그게 자연의 법칙이다.

미나는 시부모님이 얻어 준 집에서 산다. 시부모님은 미나의 신혼집에서 걸어서 5분 거리에 산다.

미나가 딸을 낳고 나서 1년의 육아휴직이 끝났을 때, 시부모님은 손녀의 양육을 책임지겠다고 했다. 어느 날, 미나가 퇴근해서 와 보니 딸 아이 팔뚝에 작은 상처가 났는데 시아버지가 거기에 공업용 본드를 바르고 있었다. 미나는 경악했다.

미나의 시아버지는 최동원과 야구를 했다는 걸 자랑으로 여긴다. 최동원 씨는 야구를 하다 생긴 작은 상처에는 본드를 발랐단다. 상비약을 발라도 시원찮고 꿰맬 수도 없을 때, 더구나 시합을 앞두고 급히 상처를 봉합해야 할 때는 본드가 최고였다는 것. 시아버지도 그때부터 본드를 피부 접착제로 썼다. 시어머니도 '칼에 베인 상처에는 오공본드가 최고'란 말을 입에 달고 살았다. 그런데 돌이 갓 지난 아기의 상처에까지 그걸 바를 줄은 몰랐다. 아니, 마데카솔 놔두고 웬 오공본드?!

접착제에는 톨루엔, 아세톤, 벤젠, 포름알데히드 등 몸에 해로운 성분이 들어 있다. 이들 유기용제는 피부질환, 눈 자극, 두통, 불면증, 천식, 호흡기 자극, 신경장애, 폐 및 간장 손상 등을 유발하며 발암물질을 함유하고 있다. 과도한 유기용제 사용은 법으로도 규제하고 있다. 더구나 본드 흡입은 환각작용을 일으키기 때문에 아이의 상처에 그걸 바른다는 건 미친 짓이다. 오공본드 제품에는 이렇게 쓰여 있다.

1. 냄새를 맡으면 중독되어 심신장애를 일으킬 우려가 있으므로 절대로 일부러 냄새를 맡지 마십시오.
2. 어린이의 손이 닿지 않는 곳에 보관하십시오.
3. 접착 이외의 용도에 사용하지 마십시오.

미나의 시부모는 50년 전통의 본드 회사에서 간곡히 부탁하는 세 가지 주의사항을 모두 어기면서까지 아기의 상처를 본드로 '접착'하고 있었던 거다. 미나는 딸아이의 상처에 붙은 본드를 보면서 심각하게 이사를 고려했다.

아이를 생각한다면 독립이 답이다. 왜? 어르신들은 못 고친다. 60~70년 동안 그게 옳다고 여기고 살아왔기 때문에 서른 살 며느리 얘기를 귀 기울여 듣지 않는다. 태극기 집회에 나가는 시아버지와 '박근혜가 불쌍해'라는 시어머니에게 진보 정당 찍으라고 백날 얘기해 봐야 안 먹히기는 마찬가지다.

시부모의 뜻을 거스르지 않기 위해 상처 날 때마다 아이의 팔뚝에 노란색 본드가 접착제 이외의 용도로 사용되는 꼴을 볼 엄마가 어디 있겠나? 하루빨리 멀리 도망가는 게 상책이다. 시부모든 친정 부모든 마찬가지다. 그들의 지식은 30~40년 전의 것이다. 그때는 맞고 지금은 틀리다! 의학도 발달했고 위생관념도 달라졌으며 무엇보다 정보가 넘쳐 난다.

나는 돌 무렵 심하게 배앓이를 했는데 '이질에는 고추장이 최고'라는 친할머니의 지론에 따라 고추장에 비빈 밥을 3일 동안 먹었다. -어머니의 증언 그 때문에 나는 이후로 약하디 약한 장을 안고 살아간다. -내 추측 내 장 트러블이 수십 년 전 할머니의 '고추장 민간요법' 때문인지 이틀이 멀다고 퍼먹는 술 때문인지 알 수 없다. 다만 돌잡이에게 매운 고추장 비빔밥을 먹인 건 과했던 게 사실이다.

우리 어머니 김성자 여사는 다음 해에 내 동생이 태어나자 2남 1녀를 데리고 시댁에서 멀리 튀었다. 아버지를 설득해 야반도주하다시피 분가를 했다. 안 그랬으면 내 동생도 장 트러블로 고생하고 있을지 모른다. -동생은 장이 튼튼하다. 매일 술을 마셔도 설사 한 번 안 한다.

아이를 낳았다고 부모에게 의존하지 말자. 아이는 엄마 아빠 힘으로 키우는 거다. 차라리 직장에 어린이집 설치를 요구하고 나라에 양육비 인상을 청원해라. 시어머니나 친정어머니가 봐주면 믿을 수 있고 좋지만 반대급부反對給付도 만만치 않다는 걸 알아야 한다. 제일 심각한 건, 내 아기가 내 아기가 아니고 부모의 아기가 된다는 거다. '내가 너를 어떻게 키웠는데'라는 소리가 지겹지 않나? '내가 너희 애를 어떻게 키웠는데?'라는 소리까지 듣고 싶은가?

보건복지부가 전국 2,500가구를 대상으로 조사한 바에 따르면 2018년 현재 공공/민간 기관을 이용하지 않고 조부모 혹은 육아도우미에게 아이를 맡기는 경우는 전체의 16.3%였다. 이 중 친척을 포함한 조부모에게 단독으로 맡기는 경우는 31.2%인데 여기서 동거하지 않는(아이 부모와 함께 살지 않는) 외조부모가 양육하는 경우가 48.2%로 가장 많았고, 비 동거 친조부모가 21.7%, 동거 친조부모가 13.5%, 동거 외조부모가 12.3%의 순이었다. 외가 혹은 친가가 아닌 친척에게 단독으로 육아를 맡기는 경우는 4.3%에 불과했다.

보건복지부 조사에 따르면 시댁 혹은 친정 부모에게 양육비 명목으로 지불하는 비용은 한 달 평균 62만 2천 원이었다. 심지어 19만 원 이하도 7%다. 최고액은 180만 원. 민간 육아도우미에게 지불하는 평균비용은 101만 6천 원이지만 이는 2015년 조사라 현실과 차이가 있다. 2020년 현재 '시터넷'에 실린 구인광고를 보면 서울 지역의 주 5일 육아도우미는 200만 원, 입주도우미는 280~300만 원의 월급을 제시하고 있다.

기관 도움을 받지 않는 조사대상자 중 400~499만 원 소득층은 12.4%, 500~599만 원대는 19.1%, 600~699만 원대가 25.7%인데 700만 원 이상은 32.8%가 조부모에게 단독으로 아이를 맡긴다.

정당한 노동에 대한 대가 지불도 고려사항이다. 용돈을 충분히 드려도 문제, 못 드려도 문제다. 더구나 도우미 이모에게 맡기는 경우, "월급 타서 도우미 이모 주면 남는 게 없다"는 이야기가 나온다.

　　그러나 보건복지부 통계에는 재미있는 게 있다. 부부 합산 소득이 높을수록 조부모 단독육아 비율이 높다는 거다. 소득이 높으면 별도로 가사도우미를 고용하고 조부모에게 더 많은 비용을 지불할 수 있으므로 육아 스트레스가 줄어드는 장점이 있다고 한다.

　　믿을만한 베이비시터 구하기가 하늘의 별따기인 거 안다. 『82년생 김지영』에 자세히 나와 있고 나 역시 2000년생 아이 봐 줄 사람을 구하느라 애를 먹었다. 어떤 수를 쓰든 부부 모두 일하면서 아이를 키우는 방향으로 머리를 쓰고 몸도 쓰고 죽을 힘을 다하는 방법밖에 없다. 시부모와 친정 부모는 좋아서 아이를 맡을까? 제 자식 키우느라 진골이 빠졌는데 손자, 손녀를 어떻게 보나? 아마 그들도 속으로는 가끔만 아기 보는 걸 원할 거다. 그분들에게는 그분들의 삶이 있다. 그 삶을 망치지 마라.

밥상의 정치학

나는 25년 차 프리랜서다. 아내는 직장을 그만두기 전까지 14년 동안 봉급쟁이였다. 말이 맞벌이지만 내 수입이 들쭉날쭉하기에 아내는 늘 전전긍긍했다. 연봉 기준으로 거의 제로부터 억대까지 내 연봉 그래프는 쌍봉낙타였다. 그런데 사람이란 게 참 간사하다. 돈벌이가 없을 때는 한없이 위축되다가 주머니가 좀 두둑해진다 싶으면 간이 배 밖으로 나온다.

장면 1 ———

"내가 일요일에 밥하고 설거지까지 해야 하냐?" 수세미를 집어 던지며 내가 말했다. 아내는 바닥으로 떨어지려는 수세미를 탁월한 운동신경으로 받아내며 재빨리 개수대 앞에 섰다.

"그래, 그래. 당신 요즘 힘들 텐데…, 설거지는 내가 할게."

'일주일 내내 부엌일 하는 것도 힘들다. 일요일에 한 번 정도 는 당신이 해 달라'는 요청에 내가 딱 2주 라면을 끓이고 설거 지를 하고 나서 벌어진 사태다. 내 연봉이 아내보다 높을 때의 일이다.

장면 2 ———

"놔 둬. 설거지는 내가 할게."

밥을 먹고 그릇을 챙기는 아내에게 내가 말했다. "아냐. 내가 할게." 이렇게 말하는 아내를 슬쩍 밀어내며 나는 고무장갑을 꼈다. "당신도 하루 종일 일하느라 힘들었잖아." 착한 남편 모 드인 내 종용에 그녀는 뒤로 물러서며 대답한다. "고마워. 그럼 닌 빨래 갤게."

6개월째 내 수입이 제로였던 시기의 어느 날 저녁 풍경이다.

아내의 수입은 늘 일정하고 내 수입은 늘 불안했으므로, 두 사람의 수입에 따른 설거지 담당 함수를 그래프로 나타내면 이 렇다.

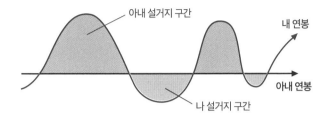

<부부 연봉 변화에 따른 설거지 담당자 교체 그래프>

아내 설거지 구간

내 연봉

아내 연봉

나 설거지 구간

참 인생 치사하게 살았다. 저 그래프의 '나 설거지 구간'은 아내가 회사를 그만두고 수입 '0'이 되면서 영원히 사라졌다. 그 대신 아내의 설거지 구간은 항구화되었고 밥하기, 빨래하기, 청소하기까지 단독으로 맡게 됐다. 그래프는 이렇게 바뀌었다.

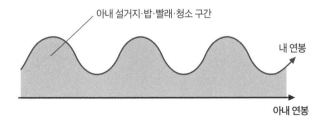

<아내 연봉 제로에 따르는 가사 담당자 변화 그래프>

아내 설거지·밥·빨래·청소 구간

내 연봉

아내 연봉

이렇게 살지 말았어야 했다. 나는 한때 조수에게 그림을 그리게 하고 단돈 10만 원을 준 가수를 욕한 적이 있다. 난 그보다 더하면 더했지 덜하지 않았다. '보아라! 넌 아내에게 빨래와 밥과 청소와 설거지를 시키면서 돈 10만 원이라도 준 적 있냐?!'

없다. 만약 일주일에 10만 원만 받았어도 10년 넘게 가사를 담당한 아내는 지금쯤 5,200만 원(이자 제외, 세금 떼기 전)이나 되는 목돈을 쥐고 있었을 거다. 2018년 통계청이 발표한 여성의 시간당 가사노동 가치 1만 569원에 주 52시간을 적용하면 아내는 1억 원이 넘는 목돈을 번 셈이 된다. 만약 아내 통장에 지금 1억 원이 있다면 난 당장 고무장갑을 낄 용의가 있다. ─에라, 이 인간아!

왜 그랬을까? 돈이 뭐기에. 지금 와서 생각해 보면 난 김중배의 다이아몬드를 좇아간 심순애보다 더 나쁜 인간이다. 만약 우리가 헤어진다면 이 부분이 제일 미안할 것 같다. 지금은 아내가 다시 일을 하며 월급을 받는다. 아침은 건너뛰고 점심, 저녁은 둘 다 알아서 먹기에 일요일 정도 집안일을 한다. 연봉 변화에 따른 밥상의 정치학 함수가 예전처럼 변하지 않는다. 이젠 빨래는 그녀가, 청소는 내가 한다. 서로 아무 불만이 없다.

외벌이 하는 남편들은 집에 들어가면 손 하나 꿈쩍 않는다. 일이 지쳐서이기도 하고 자신의 노동을 과대평가해서이기도 하다. -나도 그랬다. 남편이 밖에서 일하는 동안 아내도 집에서 일했다. 그러므로 집에 돌아온 순간, 남편도 아내도 동시에 지쳐 있는 상태다. 그때부터 모든 가사는 동등하게 분담해야 한다. -나도 그러고 싶었다.

반대로 아내가 직장을 다니고 남편이 육아 혹은 가사를 담당하는 커플도 많다. 이때도 마찬가지. 퇴근 후 가사 부담은 반반이어야 한다. -내 수입이 거의 없을 때조차 아내는 그랬다.

허수연, 김한성의 논문 '맞벌이 부부의 가사노동 시간과 분담에 관한 연구(한국가족복지학 2019. 6. 제64호)'에 따르면 여성의 유급 노동과 관계없이 대부분의 가사노동은 여전히 여성의 몫으로 남아 있다. 이는 성평등적 생활방식이 비교적 견고히 정착되었다고 평가받는 서구에서도 마찬가지로 남성의 공평한 가사분담은 찾아보기 어렵다. 또 아내의 유급 노동시간이나 경제력이 남편보다 더 커졌을 때 오히려 남편은 가사노동 시간을 늘리는 것이 아니라 역전된 젠더 역할을 만회하기 위해 가사노동을 기피한다. 아내 역시 자신의 가사노동을 늘리는 경향조차 보고된다. 위 논문을 위해 우리나라의 맞벌이 부부 1,428명을 대상으로 한 조사에 따르면 일평균 가사노동 담당 시간이 아내는 3시간 55분 30초, 남편은 50분 24초였다. 맞벌이를 하더라도 아내가 거의 4배 이상의 시간을 가사에 쏟고 있었다.

동서양을 막론하고 남자는 가사분담에 인색한 듯하다. 퇴근하면 앞치마를 두르고 부엌일을 도와주거나 육아를 담당하는 모습은 이상적이기는 하나 현실성이 부족하다. 나 역시 맞벌이를 하든 외벌이를 하든 육아가 힘들어 일부러 늦게 귀가한 적도 있다. 주말이면 취미생활을 위해 애가 앵앵거리는 소리를 뒤로하고 집을 빠져나온 게 한두 번이 아니다. 육아로 힘들어하는 아내에게 미안해하면서도 캠핑도구를 챙겨 주말 내내 집을 비우곤 했다.

아이가 귀여운 건 순간이고 봉사는 영원하다. 양육은 보람되지만 고통스럽다. 24시간 영혼을 털린 채 아이에게 묶여 있어야 하기 때문이다. 특히 신생아시절부터 어린이집에 가기 전까지는 육아의 기쁨과 괴로움이 극과 극을 오간다. 차라리 독재자를 섬기는 게 편하다. 독재자는 잠이라도 자지, 아이는 잠도 없다.

그럼, 독박육아로 묶인 아내는? -하. 더 이상 할 말이 없다. 뭐라 이야기 하는 건 너무 뻔뻔하긴 한데…

내 후배 중에 평일에는 회사에서 열심히 일하고 주말이면 낚시를 하는 강태공이 있다. 좋은 회사에 다니며 아내에게 생활비도 두둑이 가져다주는 모양이다. 금요일 밤이면 장비를 챙겨

남해안으로, 제주도로 떠났다 일요일 밤에 돌아온다. 강태공에
겐 초등학교 다니는 아이가 둘 있다. 그의 부인은 주중에도 주
말에도 아이들과 부대낀다. 나는 후배에게 말해 주고 싶다.

"주말에 잠깐이라도 아이들하고 놀아 줘. 네 부인도 좀 쉬게.
돈 번다고 너만 쏙 빠져서 놀러가지 말고."

아마도 강태공은 이렇게 말하겠지.

"너나 잘하세요."

분명히 말하지만 후배야, 너 나중에 부인한테 "그때 당신 혼
자 놀러 다니고 난 아이 둘 키우느라고 얼마나 힘들었는지 알
아? 그때만 생각하면 내가 이가 갈려!"라는 소리 들을 거다. 어
떻게 그렇게 잘 아느냐고? 당신 선배 부인이 늘 하는 말이거든.

나와 당신의 존재 이유

〈더 라스트 맨 온 어스〉라는 미드가 있다. 2015~2018년에 팍스TV에서 방송한 드라마로 만화 같은 이야기가 펼쳐진다.

바이러스로 인류가 멸망한 지구에 필(윌 포트)이라는 한 남자가 살고 있다. 그는 미국 전역을 돌며 생존자를 찾지만 허사였다. 투산이라는 도시의 저택에 살면서 마트에서 마음껏 먹을 것을 가져다 먹고 혼자 불장난을 하고 미친 듯 춤을 추는 등 별짓 다 하지만 지구상에 혼자라는 고독은 견딜 수 없었다.

무인도에 혼자 갇힌 회사원이 나오는 영화 〈캐스트 어웨이〉를 보면 주인공 척(톰 행크스)이 하도 심심해서 배구공과 이야기를 나누는 장면이 있다. 〈더 라스트 맨 온 어스〉의 필은 그 영화를 보면서 비웃지만 얼마 못 가 배구공, 럭비공, 축구공, 야구공과 대화를 나눈다. 사람은 대화하지 않고는 살 수 없는 존재다. 공과 이야기 나누는 데 지쳐 마네킹을 가져 와 집에 놓고 어루만지고 키스를 하기도 한다. 이제 필의 소원은 단 하나, '진짜 여자'를 만나 사랑을 나누는 것이다.

필은 2년 동안 버티다 결국 자살을 결심한다. 바위 위에서 뛰어내리려는 순간, 멀리 연기가 피어오르는 것을 보게 되고 그곳으로 뛰어간다. 필은 드디어 여성 생존자 '캐롤'을 만난다. 제2의 아담과 하와가 만난 셈이다. 그런데 캐롤은 필이 좋아할 만한 스타일이 아니었다. 얼굴도 몸도 둥글둥글한 데다 잔소리꾼이었다. 필이 캐롤을 태우고 드라이브를 하면 그녀는 "신호 위반 하지 말아요"라고 말한다. 필은 고개를 절레절레 흔든다. "지구상에 지금 당신과 나뿐이라고!"

캐롤의 잔소리를 견디지 못한 필은 결별을 선언한다. 그러나 캐롤은 과감하게 필의 옆집에 와서 산다. 필이 생각해 보니, 선택의 여지가 없었다. 게다가 둘이 무슨 일이든(!) 하지 않으면 인류는 멸망한다. 필과 캐롤은 호모 사피엔스 종의 멸절을 막기 위해 결합하기로 한다. 이때 캐롤이 또 딴지를 건다.

"난 혼전 순결을 중시해요. 그러니까 결혼하기 전에 같이 잘 수는 없어요." -오 마이 갓, 지구상에 둘뿐이라고! 이런 상황에서 이렇게 말하는 여자 진짜 있다는 데 만 원 건다.

필은 진저리를 치면서도 턱시도를 입는다. 캐롤은 멋진 웨딩 드레스를 입고 부케까지 준비한다. 둘은 교회에 가서 결혼식을 올린다. 그리고 종 번식을 위해 밤을 보낸다. 신혼 일주일 째, 필은 차를 몰고 가다 낯선 차와 부딪히는데 그 안에는 필이 늘 꿈꿔왔던 이상형의 여자, 늘씬하고 지적이며 멋진 멜리사가 타고 있다. '아, 일주일만 더 일찍 나타나지, 왜 내가 맘에도 안 드는 여자랑 결혼하고 나니까 나타난 거야!' 이렇게 울부짖는 필, 과연 이들은 어떻게 될 것인가? 시즌 4까지의 내용을 다 소개할 수는 없으니 궁금하면 직접 보시라.

2016년 개봉한 SF 영화 〈패신저스〉에도 비슷한 상황이 전개된다. 먼 우주 식민지로 향하는 초호화 우주선 아발론호에는 5,000여 명의 승객이 동면 상태로 실려 있다. 이들은 80년 뒤에 깨어나 새 행성에서 살아가게 되어 있다. 그런데 어떤 이유인에서인지 짐(크리스 프랫)이 잠에서 깨어난다. 아발론호에는 인테리어가 완벽한 7성급 객실, 별을 보며 수영할 수 있는 수영장, 각종 오락실, 로봇이 서빙하는 최고급 레스토랑 등이 갖추어져 있다. 짐은 한동안 이 모든 것을 즐긴다. 하지만 외롭다. 그 고독은 죽음에 비견된다.

짐은 동면 중인 여성 중에 자신의 이상형인 오로라(제니퍼 로렌스)의 수면 기계를 조작해 그녀를 깨어나게 한다. 오로라는 짐과 사랑에 빠지고 함께 즐거운 나날을 보낸다. 하지만 짐이 자신을 일부러 깨웠다는 사실을 알고 치를 떨며 그를 멀리한다. 이제 짐도 오로라도 부부싸움 직후의 남편과 아내처럼 80년 동안 지내게 생겼다. 그러나 우주선에 이상이 생기고 이를 해결하는 과정에서 짐은 오로라를 위해 목숨을 건다. 다행히 둘은 모두 살아나고 오로라는 짐에 대한 화를 푼다. 남자가 여자의 화를 풀어 주려면 최소한 목숨을 걸어야 한다는 교훈을 남기고 두 사람은 남은 나날을 사랑하며 보낸다. -이제 아내의 화가 안 풀리는 이유를 아시겠지?

모든 것이 다 갖춰져 있지만 혼자라면? 〈가디언스 오브 갤럭시〉 2편에 등장하는 에고(커트 러셀)는 아예 행성 하나를 에덴동산 같은 지상 낙원으로 만들어 놓고 산다. 푸른 숲, 맑은 물, 온화한 기온 등등. 그런데 이 넓디넓은 별에 거주자는 그뿐이다. 멘티스라는 요정이 있기는 하지만 그녀는 사람도 신도 아닌 에고의 노예. 에고는 은하계를 차지하려는 헛된 꿈을 꾸면서 그의 행성을 겉보기에 완벽한 천국으로 조성해 놓았다. 하지만, 우주를 다 가진들 사랑하는 이 한 사람이 없는 게 무슨 소용일까?

채사장은 그의 책『지적 대화를 위한 넓고 얕은 지식-제로』에서 현대 천체물리학 이론을 소개한다. 인간이 중심이 되어 우주를 바라보는 이론은 약한 인간 원리, 강한 인간 원리, 참여 인간 원리로 나뉜다. 약한 인간 원리는 무한히 많은 우주가 나름의 물리 상수를 갖고, 이 중 생명의 탄생을 포함하는 우주가 존재한다는 견해다. 강한 인간 원리는 '우주는 어느 단계에서 그 안에 관찰자의 탄생을 허용해야 한다'는 주장이다. 미국의 물리학자 존 휠러는 '참여 인간 원리'를 주장했다. "우주가 존재하기 위해서는 관찰자가 필요하다"는 것이다. 우주의 존재 의미는 존재 자체가 아니라 관찰자다. 인간이 없으면 우주도 없다. 우주 창조의 목적은 인간, 즉 나에게 있다. 인류의 존재는 생각보다 위대하다.

밑줄 친 문장을 이렇게 고쳐 읽어도 무방하다.

남편의 존재 의미는 존재 자체가 아니라 아내다. 아내가 없으면 남편도 없다. 결혼의 목적은 부부, 즉 아내에게 있다. 아내의 존재는 생각보다 위대하다.

남편은 이렇게 생각하고 아내는 역으로 생각해 본다면, 부부의 의미는 자명해진다. 행성 하나를 파라다이스로 만들어 소유하고 있다 해도 그 한 사람, 아내 혹은 남편이 없으면 아무 의미가 없는 것. 그게 부부다.

오래전 어떤 웃음 때문에 서로를 용인하고 용서한다.
그때 그 미소 속에 사랑의 싹이 놓여 있었기 때문에
오늘 서로에게 의미가 된다.

액션의 완성은 리액션

TV 프로그램 〈삼시세끼〉를 보면 그냥 마음이 흐뭇해진다. 이들이 진짜 식구라면 더 바랄 나위 없을 듯하다. 차승원이 엄마, 유해진이 아빠, 손호준이 아이로서 어찌나 적절하게 어우러지는지 볼수록 맛있다. 서로를 배려하는 건 기본이고, 서로가 하는 일에 적절하게 반응을 해 주는 데서 진심이 느껴지기 때문이다. 리액션이 장난 아니다.

차승원이 한 요리에 대해 손호준과 유해진은 늘 진심이 배어 있는 반응을 한다. 문어 짬뽕을 한 입 뜨고 호준은 "와 문어 진짜 맛있다!""찬밥에 말아 먹고 싶다"라 말하고 해진은 "진짜 쫄깃쫄깃하다""제대로다 진짜야""문어 육수라 시원하구나"라고 덧붙인다.

여기에 대한 승원의 반응이 압권이다.

"지난번보다 문어가 컸어. 덕분에 푸짐하게 먹어."

왜 이런 말을 했을까? 그 문어를 유해진이 잡아왔기 때문이다. '당신이 애써서 먹을 것을 해 왔으니 내가 이렇게 맛난 요리를 했지'라는 이야기다. 이런 분위기라면 아내 좋고 남편 좋은 시간이 저절로 마련된다. 나는 집에서 요리를 자주 하는 편이라 승원의 입장을 백분 이해한다. 기껏 힘들게 요리를 했는데 아들 녀석이 아무 말 없이 먹으면 섭섭하다. "맛있나?" 물을 때 영혼 없이 "응" 하고 말면 그것도 섭섭하다. 맛도 없는데 맛있다 할 수는 없지만 그래도 해 준 사람 정성을 생각해서 뭔가 히니리도 칭찬할 만한 점을 찾아서 이야기해 주면 좋겠다. 라면 하나를 끓여 내와도 다양한 멘트는 얼마든지 가능하다.

"어쩌면 이렇게 면을 찰지게 끓여."
"역시 라면은 당신이 끓여야 맛있어."
"와 국물에 뭐 넣었어? 왜 이렇게 맛있어?"
"분식집 라면보다 맛있네. 무슨 비법이 있어?"

"오늘따라 라면이 매콤달콤하네."

'주면 주나 보다' 하는 자세로 받아만 먹어선 곤란하다. '내가 번 돈으로 음식을 마련해오는 것도 고마워해야 하나'라고 생각해선 안 된다. 남편이 벌든 아내가 벌든 또는 둘 다 벌든 그날의 요리를 준비한 사람에게 충분히 고마움을 표현해야 한다. 누가 수입을 담당하든 그 돈으로 재료를 샀고, 그 재료로 만든 음식을 먹고 건강하며 그 건강을 바탕으로 일을 해서 돈을 번다. 우리의 삶은 이런 선순환의 연속이므로 어느 한 고리를 잘라내면 유지되지 않는다. 가족이란 전체를 구성하고 유지하는 데 있어 누가 더 기여하고 덜 기여할 수는 있지만 기여도가 0인 경우는 없다. 하다못해 젊은 부부 옆에 가만히 누워 있는 백일도 되지 않은 아이에게도 제 역할이 있다. 그 아이의 존재만으로도 부부는 힘을 얻는다. 새근새근 잠자는 아가 얼굴을 들여다보는 것만으로도 젊은 아빠, 엄마는 낮에 있었던 힘든 일을 잊고 내일 다시 일할 기운을 얻는다.

몇 해 전, 두 제자가 결혼 주례를 부탁하러 왔다. 여 제자에게 물었다. "민우 어디가 마음에 들었니?" 그녀가 대답했다.
"언젠가 민우 씨가 제 자취방에 놀러 왔을 때 제가 김치볶음

밥을 해 줬거든요. 하고 나니 너무 짠 거예요. 다시 할까 하는데 민우 씨가 짜다는 내색도 않고 '맛있다, 맛있다' 하면서 두 그릇이나 먹더라고요. 그게 참 맘에 들었어요."

나는 남 제자에게 당부했다.

"결혼하고 나면 네가 요리해."

신부를 위해서가 아니라 신랑을 위해서 한 말이었다. 남자도 요리를 해야 한다. 제가 먹을 음식을 제 손으로 마련하지 못한다는 건 치명적이다. 누군가의 도움 없이 스스로 밥을 만든다는 건 생존을 위해 꼭 필요한 일이다. 재산이 수천억 원이든 아니든, 연봉이 수억 원이든 아니든 상관없다. "돈 많은데 시켜 먹으면 되지"라고 말한다면 내가 만든 음식을 누군가에게 먹인다는 그 숭고한 행위의 참맛을 모르는 거다. 요리 아니 조리는 사랑의 시작이자 끝이다. 내가 한 밥이 내 새끼 입으로 넘어갈 때 우리 뇌에서는 가장 위대한 호르몬이 분비된다. 그 순간 무엇과도 바꿀 수 없는 행복감이 전신을 사로잡는다. -아이가 없으면 남편이나 아내를 상대로 시험해 보시오.

판소리에 1고수 2명창이란 말이 있다. 고수가 명창보다 더 중요하단 말이다. 정말 그럴까? 설마. 명창이 더 중요하다. 그런데 참 이상하다. 천하의 명창도 고수를 잘못 만나면 무대를 망친다. 왜? 고수가 북을 치면서 "얼씨구" "잘한다" "그렇지" 하면서 추임새를 넣어 주고 그에 맞게 북으로 장단을 맞춰 주어야 명창이 제 실력을 발휘할 수 있다. 임방울 전기를 보면 '추임새가 풍성하면 판이 살아서 소리꾼도 더욱 흥을 내서 소리를 하게 되지만, 추임새가 많지 않고 청중들의 태도가 뻣뻣하면 분위기가 너무 가라앉아서 흥이 나지 않기 때문에 소리꾼이 소리하는 데 매우 애를 먹게 된다'면서 판소리 공연 전에 소리꾼이 청중들에게 '추임새 많이 넣어 주십시오'라고 부탁하는 모습을 쉽게 볼 수 있다고 쓰여 있다.(전지영, 임방울 우리 시대 최고의 소리 광대, 을유문화사)

고수와 청중의 리액션이 명창을 살리기도 하고 죽이기도 한다는 뜻이다. 명창의 실력은 기본이고 고수의 리액션은 옵션이다. 그런데 옵션 없는 기본은 허무하다. 에어컨과 에어백 없는 자동차를 상상해 보라. 자동차이되 자동차가 아니게 된다. 따라서 기본의 완성은 옵션이 담당한다. 액션의 완성은 리액션이 담당하듯.

무인도에서 찍은 〈삼시세끼-5화〉의 화목함은 이서진이 등장하면서 깨진다. 이서진은 차승원의 요리에 대해 반응이 신통

치 않다. 아무리 성의 있게 끼니를 마련해 갖다 주어도 그저 시큰둥하게 먹을 뿐이다. 보는 내가 다 민망할 정도다. 그게 이서진의 캐릭터이긴 하다. 쿨하면서 마음은 여리고 궁시렁대면서 시키면 또 한다. 하지만 내가 음식을 했는데 이서진처럼 먹는다면 좀 김빠질 것 같다.

음식의 목적은 섭취다. 그러나 가족 식탁에서 음식의 목적은 대화다. 요리해 준 사람에 대한 칭찬, 요리 맛에 대한 감탄, 이 요리를 마련할 수 있도록 돈을 벌어다 준 사람에 대한 감사 등이 어우러지고 그 외의 화제를 디저트처럼 곁들이면 완벽한 한 끼의 식사가 완성된다.

라면 한 끼를 먹어도 프랑스 정찬처럼, 미역국 한 숟갈을 들어도 철갑상어 수프처럼, 소주 한 잔을 들이켜도 부르고뉴 최고급 와인인 것처럼 하라. 그럼 그것이 신들의 식사가 된다. 아내든 남편이든 요리한 사람은 차승원처럼 액션하고 먹는 사람은 손호준, 유해진처럼 리액션 하자. 사람들 앞에서 박수 받는 명창보다 그를 응원하고 뒷바라지하는 고수가 더 중요하다는 마음가짐으로 살아간다면, 어느 부부인들 화목하지 않으랴.

너무 밉지도 좋지도 않으면 충분하다

2020년 현재 CF 속의 모습이다. 남편이 멋진 차를 몰고 가면서 아내와 아이 걱정을 한다. -왜 남편만 걱정을 하나 딸아이가 부쩍 큰 모습으로 앉아 있다. '너를 위해 이것만은 꼭 해야겠다'면서 보험을 든다. -그 사이 평범한 아빠는 팍 늙는다. 왜 보험은 늘 아빠가 드나.

미디어 혹은 광고가 만드는 부부상은 완벽하다. 남편은 돈 잘 벌고 잘 생겼고 육아와 가사를 반분한다. 아내는 역시 일이 있고 예쁘고 요리를 척척 해 낸다. 이런 부부는 없다. 현실은 맞벌이를 하면서도 아내가 가사를 거의 맡아 하고 수입은 여자가 더 많은데도 명절에는 시댁에 가서 하녀 취급을 당한다.

이런 부당함 때문에 어떤 이는 시댁과 절연관계로 치닫고 어떤 이는 과감히 이혼을 한다. 부부사이를 행복하게 유지하는 비결은 의외로 간단하다. 내 몸이 조금 피곤하면 된다. 남편의 경우, 살림을 조금 더 분담하고 명절은 당일 방문으로 한정하며 아내를 위해 엄마를 버리면 된다. ―아내들은 이미 엄마를 버리고 온다! 엄마는 내가 버린다고 해서 버려지는 존재가 아니다. 엄마는 늘 거기에 있다. 핏줄로 연결된 존재이기 때문이다.

아내는? 남이다. 남의 집 자식이었던 사람이다. 남의 집 귀한 자식이고 나만큼 교육받고 나만큼 잘 나갈 수 있었던 존재다. 그런 여자를 시 한번 읽어 주고 프러포즈해서 데려온 다음, 너는 얼마나 귀하게 여겼나? ―나 자신에게 하는 말이다. 나는 남의 집 귀한 딸을 데려와서 천하게 다루었다. 그게 내 잘못이다. 이것 때문에 이혼 당한다 해도 난 할 말이 없다. ―물론 남의 집 귀한 아들을 데려와 천하게 다루는 모 재벌가 딸도 있다. 재벌가 아들이 아니었던 그의 남편은 평균 100데시벨 이상의 목소리를 내는 처갓집 가풍에 질려 이혼했다.

완벽한 사람이 없듯 완벽한 부부도 없다. 링컨도 아내의 바가지에 시달렸고 오바마도 아내의 반대로 의원 선거를 포기할 뻔했다. 역으로 밀레바 마리치는 아인슈타인의 첫 번째 아내로 뛰어난 과학자여서 아인슈타인의 논문작성을 도왔지만 매번 작성자 명단에서 빠지곤 했다. 카미유 클로델은 천부적인 재능을 지녔으면서도 로댕의 그늘에 가려 비참한 말년을 보내야 했다. 클로델이 로댕에게 수많은 영감을 주었고 로댕이 그녀의 작품을 그대로 모방해서 발표했으나 세상은 그녀에게 '정신병원 수감'이라는 결과로 답했다.

그런가 하면 자신의 영달을 위해 배우자를 이용하거나 버리는 사람도 있다. 현대의 수많은 사기꾼을 예로 들자면 부지기수이니 조금 멀리 가보자.

『열국지』에 나오는 두 인물 '오기'와 '요이'는 엽기적이다. 제나라의 침공에 맞서 노나라 장수로 임명되기 직전, 오기는 아내가 제나라 출신이라는 사실 때문에 장수 발탁이 보류된다. 오기는 아내를 죽이고 노나라 임금의 신임을 얻는다.

요이라는 자는 오왕 합려에게 충성하기 위해 자신의 아내와 가족을 모두 처형당하게 했다. 오왕 합려의 원수인 경기라는 자를 암살해야 하는데 경기가 요이를 믿을 리 없기에 요이는 스스로 '제 가족을 몰살하고, 내 오른팔을 잘라 경기에게 보내면 내가 왕의 미움을 받은 사람이라 여길 것'이라고 제안한다. 결국 요이는 경기에게 접근하는 데 성공하고 그를 암살한다. 하지만 제 몸과 가족을 없애면서까지 그가 얻으려는 건 도대체 무엇이었을까? 스스로 사랑하지 않는 자가 뭔가를 이루기란 어렵다.

로마의 시인 오비디우스는 그리스 신화를 모아 놓은 『변신 이야기』에서 인류 역사를 네 개의 시대로 나누고, 마지막이자 현세인 철의 시대에서 '남편은 아내가 죽기를, 아내는 남편이 죽기를 바란다'라고 썼다. 한비자는 '왕의 비빈들은 나이 들어 미모가 쇠하면 자기 자식이 왕위를 물려받지 못할까 염려하여 왕이 빨리 죽기를 바란다'라고 말했다. 배우자의 죽음을 바라는 역사는 수천 년을 이어왔다.

열국지의 엽기와 오비디우스의 외침이 그저 옛날이야기일까? 2015년 경기도 포천에서 40대 주부 노 모 씨가 체포됐다. 노씨는 2011년에 첫 번째 남편을, 2013년에 두 번째 남편과 시어머니를 차례로 살해하고 보험금을 탔다. 살해방법은 치밀했다. 파라콰트라는 맹독성 제초제를 밀가루와 섞은 다음 김치찌개 등에 조금씩 타 먹였다. 노씨는 "그렇게 하면 시름시름 앓다가 갔다"고 진술했다.

한때 그렇게 사랑해서 결혼한 사람들이 왜 서로를 죽여야 하는 원수가 될까? 공자는 '사랑하면 그가 살길 바라고 미워하면 그가 죽길 바란다'고 했는데 그렇다면 결혼생활이야 말로 그가 살길 바라는 일과 그가 죽길 바라는 일 사이의 줄타기 아닐까? 사랑과 미움을 오가니 말이다.

아리스토텔레스는 '중용은 완벽에 가깝다'고 했다. 중용中庸은 '어느 한쪽으로 치우침이 없는 상태'이지만 일상이 늘 알맞게 유지된다는 의미도 있다. 부부사이야말로 중용이 최상이다. 치우친 사랑이 위험하듯 극단적 미움도 위태롭다. 진폭이 크지 않은 사랑과 미움 사이에서 오늘 하루를 보냈다면, 짝을 바라볼 때 너무 밉지도 너무 좋지도 않다면 그걸로 충분하다.

한국 여성의 전화에 따르면 2017년 한 해 동안 남편이나 애인에 의해 살해된 사람이 85명, 미수로 생존 피해자가 된 여성이 103명이나 된다. SBS가 2014년부터 5년간 있었던 배우자 살인 케이스 100건을 분석해 보니 남편이 아내를 죽인 경우가 66건, 아내가 남편을 살해한 경우가 34건이었다. 그런데 법원은 아내의 편이었다. 아내를 살해한 경우는 평균 형량이 15.8년, 남편을 살해한 경우는 7.5년이었다. 심지어 남편을 죽이고도 집행유예를 받은 케이스가 2건이나 있었다. 남편이 먼저 폭력을 휘두르거나 흉기로 위협하여 정당방위로 인정받은 경우다.

마음이 답하다

당신 잘못이 아닙니다

부부들에게는 왜 이렇게 갈등이 많을까?

남편 때문에? 아내 때문에?

현재의 많은 부부관계가 이렇게 갈등구조로 가는 것은 그럼 누구의 잘못인가? 바로 당신 안의 가부장 잘못이다. 미국의 심리학 박사로 40년 동안 가정상담을 해온 시드라 스톤Sidra Levi Stone은 『내 안의 가부장』이란 책에서 이렇게 말한다.

"내면 가부장은 여전히 남성의 세계라고 여겨지는 영역에서 우리가 성공할 수 있을까 의심한다. 우리가 여성이라는 이유로 못 미더워한다…. 지난 30년간 우리를 둘러싼 문화는 변화했지만 내면 가부장은 여전히 우리 대부분의 내면에 자리한 구시대의 아버지 같다. 여성들은 그의 의견과 규칙과 기대에 따르며 그의 딸로 살아간다. 흥미롭게도 그가 가진 정보는 대부분 아버지가 아니라 어머니가 딸에게 물려준 것이다."

감수성이 풍부한 남자가 있다고 치자. 예민하고 섬세해서 드라마를 보면 눈물 흘리는 남자를 여자는 어떻게 생각할까? 여성의 내면 가부장은 그런 남자를 보면 진저리를 친다. 내면 가부장은 '남자다운 남자'를 원하기 때문이다. ─어쩐지, 그동안 드라마 보면서 질질 짰는데…, 망했다. 스톤 박사는 남녀를 불문하고 우리 의식 속에 가부장이 자리잡고 있다고 말한다. 그 가부장은 끊임없이 우리에게 이렇게 말한다.

‒ 여자로 태어나서 참 아깝지 뭐야.
  남자로 태어났으면 좋았을걸.
‒ 여자는 부유한 남자 만나서 시집가는 게 최고지.
‒ 여자들은 속으로 남 욕이나 하고 잔소리도 심해.
‒ 여자들은 논리적이지 않아.
‒ 여자들은 너무 감정적이고 항상 과민 반응한다니까.
‒ 여자들은 바라는 게 많아.

– 여자라면 아이를 낳아야지, 그게 일인데!

명절이 되면 모인 친척들이 "언제 결혼할 거냐?"라고 묻고, 결혼한 젊은이들에게는 "애는 언제 낳을 거냐?"라고 묻고, 아이 하나 있는 부부에겐 또 "하나는 외로운데 둘 낳으라"고 강요하는 게 모두 내면 가부장이 시키는 일이다. 왜? 기본적으로 남자가 여자보다 열등하기 때문이다. 남성은 그 열등감을 가리기 위해 남성 중심의 신화를 만들었고 가부장 문화를 공고히 했다.

스톤은 이 책에서 흥미로운 예를 들었다. 임상심리학자 캐럴린 콩거 박사는 국제적인 심리치유자로 대접받는 사람이다. 그녀는 뉴질랜드에서 아직 모계사회의 전통이 남아 있는 마오리족 치유자들과 만났다. 한 모임에 갔을 때 마오리족 남성이 바닥에 앉아서 "남자의 다리를 넘어가지 말아 달라"라고 요청했다. 왜? "당신의 질이 너무 강력한 힘이 있어 그 남자의 힘을 다 빨아들일 것이기 때문이다"라고 한다. 실제로 모임이 진행되는 동안 마오리족 최고의 남성 무당은 콩거 박사가 자신에게서 뭔가를 빼앗아 갈까 두려워 눈을 마주치지 못했다고 한다.

원시시대로 돌아가 보자. 언어도 계급도 신화도 없던 시절, 한 무리의 호모 사피엔스가 동굴 안에 모여 있다. 이때 한 여성이 산통을 시작하고 잠시 후 아이가 태어난다. 무에서 유를 창조하는 순간이다. 이를 처음 본 남자 어린이는 경악한다. '여자들은 힘이 있어. 생명을 낳잖아! 살릴 수 있다면 죽일 수도 있겠지? 그러니까 여자들한테 까불면 안 돼. 잘못하다간 죽는 수가 있으니까…'라고 생각한다. 여자 어린이는 곧 자신에게 닥칠 임신과 출산을 역시 경이와 기대로 직감한다. 생명을 탄생시키는 임무에 대해 두렵기도 하고 설레기도 했으리라.

의학과 문명이 발달하기 전, 원시인들에게 생명을 생산하고 유지하는 여성은 성스러운 존재였다. 따라서 인류가 직립을 한 이래로 2백만 년 동안은 모계사회였다. 스톤 박사에 따르면 부계사회가 된 것은 기껏해야 6천 년 정도다. 앞의 기간에 따르면 새 발의 피다. 남자들은 모계에서 부계로 이전하는 과정에 속도를 내기 위해 남성 우월주의에 입각한 신화를 만들어 냈다. 그리스신화 속에 등장하는 제우스를 보라. 그저 씨 뿌리기 바쁘다. 때론 힘으로 때론 사기로 때론 선물로 유혹해 자신을 복제한다. 여신, 요정, 인간 여성을 가리지 않는다.

창세기를 보면 신은 하와에게 이렇게 말한다. "내가 네게 잉

태하는 고통을 크게 더하리니 너는 수고하고 자식을 낳을 것이며…, 남편은 너를 다스릴 것이니라." 여성의 힘과 위대함을 상징하는 잉태와 출산을 고통과 수고로 묘사하고 남성 지배를 암시하고 있다. 부계사회를 촉진하려는 상징이다.

종교적 신화 역시 '하느님 아버지'를 만들어 내고 신은 당연히 남성이라 여긴다. 남성은 가부장 신화를 통해 여성의 힘을 하찮은 것으로 만들고 순종적이고 가정적이되 외부활동은 자제하는 여성을 이상적으로 여긴다. 앞서 말한 내면 가부장의 왜곡된 생각이 남녀 모두의 의식에 뿌리박혀 있기에 스톤 박사는 내 안에 자리 잡은 가부장을 어떻게 다루어야 하는지 설명한다.

'무조건 깨부수고 없애는 게 능사가 아니다. 가부장적 요소에는 인류가 축적한 지혜의 일부가 담겨 있기 때문이다. 내 안의 가부장을 삭제하기보다는 그 역할을 인정하고 협력하라'고 말한다. 내면 가부장의 장점은 받아들이고 단점은 없애가면서 독립적인 삶을 살아가라는 거다. 자신의 권리를 인식하고 성역할을 초월해서 창조적인 미래를 만들어 가는 것, 이것이 남녀를 불문하고 우리 모두가 도달해야 할 단계다.

인희 부부는 신혼이다. 나름 가사를 분담한다. 그런데 남편은 유난히 비위가 약해서 음식물 쓰레기를 버릴 때마다 헛구역질을 한다. "남자가 왜 저렇게 비위가 약해", 이런 소리는 내면 가부장이 좋아하는 말이다. ―음식물 쓰레기 버리면서 비위 좋을 사람이 있나? 인희의 통합된 자아는 이렇게 말한다. "내가 음식물 쓰레기를 갖다 버리고 남편에게는 재활용 처리를 맡기자." 둘은 그렇게 협상했다. 남자는 힘쓰는 일을 하고 여자는 아기자기한 일을 하는 게 맞을 수도 있고 아닐 수도 있다. 어떤 남자는 자수 놓기를 좋아하고 어떤 여자는 집수리를 잘한다. 어떤 남편은 군대라면 지긋지긋하게 여기지만 군대 체질인 아내도 있다. 그러므로 두 사람이 적절히 타협해서 일을 나누면 된다.

음식물 쓰레기와 재활용 쓰레기 처리 같은 일은 사소하지 않다. 둘 사이의 관계를 좌우하는 중차대한 일이다. 남편이라면 치를 떠는 20년 차 희진 씨는 이렇게 말한다.

"자기가 돈 벌고 나는 주부인 건 맞다. 그렇다고 집에 오면 손 하나 까딱 안 한다. 재활용 쓰레기 정도는 갖다 버려 줄 수도 있지 않나. 내가 청소하는 건 보면서도 소파에 널브러져 있을 때는 진짜 밉다. 음식물 쓰레기도 많이 나오면 처리하기 어렵다. 갖다 버리는 사람 생각해서 깨끗하게 먹어 주면 좀 좋은

가. 자기 일 아니라고 지저분하게 남겨 놓으면 정이 뚝뚝 떨어진다. 이미 남은 정도 없지만."

희진 씨는 "한 달에 백만 원만 벌 수 있으면 당장이라도 혼자 살고 싶다"라고 말한다. 그녀는 남편이 더럽게 남긴 음식을 치우면서 성욕이 없어졌다. 재활용품을 들고 나가는 모습을 보면서도 소파에 누워 있는 남편을 보면서 잔정이 사라졌다.

음식을 더럽게 남긴다 ⇒ 음식물 쓰레기가 더럽게 남는다 ⇒ 그 더러운 걸 남편이 버리지 않으니 고스란히 아내가 버린다 ⇒ 더러운 걸 버리면서 생각도 더러워진다 ⇒ 이 더러운 걸 남긴 남편도 더럽게 느껴진다 ⇒ 살 부비고 싶어지지 않는다 ⇒ 부부관계는 줄거나 없어진다 ⇒ 이혼한다

보라, 이 악순환을. 그러므로 부부 사이에는 '음식물 쓰레기를 누가 처리할 것인가'가 섹스만큼 중요하다. 그런데 왜 희진 씨는 이혼하지 않을까? 스톤 박사의 이론에 따르면 희진 씨의 내면 가부장은 이렇게 말한다.

"음식물 쓰레기 처리하는 거 때문에 이혼한다고? 누가 들으면 웃겠다. 남편이 밖에서 그렇게 고생해서 돈 버는데, 넌 그거 하나 못해? 그러면서 네가 좋은 아내, 좋은 엄마가 될 수 있겠어?"

남편에게 맞으면서도 이혼하지 못하는 아내 역시 내면 가부장의 만류 때문이다. 결국 우리는 우리 안의 또 다른 자아와 싸우면서 살아간다. 그걸 어르기도 하고 이겨내기도 하면서 우리는 성장한다. 그래서, 음식물 쓰레기는 누가 치운다고?

우리는 우리 안의
또 다른 자아와 싸우면서 살아간다.
그리고 그걸 어르기도 하고
이겨내기도 하면서 성장한다.

잊는다고 잊히는 게 아닌

폭력이 문제다.

내 주변 여성 중에도 가정폭력을 경험한 사람이 꽤 된다. 이들은 대체로 아버지가 어머니에게 폭력을 행사하는 경우, 아버지가 어머니와 자식들에게 폭력을 행사하는 경우, 남편이 아내인 자신에게 폭력을 행사하는 경우로 나뉜다.

여성가족부와 한국여성정책연구원이 실시한 '가정폭력 실태조사 연구(손지연, 박주영. 2017. 저소득층의 경제적 어려움과 가정폭력. 한국지역사회 생활과학회지, 28(4))'의 2016년 결과에 따르면, 조사 대상자 여성의 12.1%와 남성의 8.6%가 지난 1년간 배우자

로부터 폭력 피해를 경험한 것으로 나타났다. 비율로 보면 열 사람 중 하나지만 실제로는 그보다 더 많은 것 같은 느낌은 나만의 것인가? 내 주변에는 겉보기엔 평범하지만 속으로는 깊은 폭력의 상처를 안고 사는 이들이 의외로 많다.

> 경찰청 통계를 보면 가정폭력 신고 건수는 2015년 1만 1,908건에서 2016년 1만 3,995건, 2017년에는 1만 4,707건으로 매년 늘어나고 있다. 가정법률상담소에 따르면 여성의 이혼상담 사유 3,435건 중 31.9%가 남편의 부당 대우 즉 폭력 때문이었다. 혼인을 지속하기 어려운 이유로 1위는 성격 차이, 장기 별거, 알코올 중독, 폭언, 빚 등으로 43.1%였고, 폭력이 2위, 남편의 외도가 3위였다. 가정법률상담소는 2019년 이혼상담 중 '기타 사유 항목을 묶지 않고 단일 항목만 보면 남편의 부당대우(폭력)가 1,095건으로 가장 많았다'고 밝히고 있다.

도대체 남편은 왜 아내를 때릴까? 통계나 논문보다는 내가 직접 만나서 들은 이야기를 나누고 싶다.

이야기 1 ———

제인: 50대, 아버지가 어머니를 20년 동안 폭행. 어머니는 60대 후반에 뇌졸중으로 쓰러져 5년 투병 후 사망

"술이 문제였다. 아빠는 술에 취하면 귀가해서 엄마를 폭행했

다. 그 시간은 어린 우리에게 공포 그 자체였다. 아빠는 젊어서 권투를 했다. 늘 때리기 전에 엄마한테 '가드 해'라고 말했다. ─ 미친 X 소리가 절로 나온다. 그럼 엄마는 두 손으로 뺨을 가렸다. 그 위를 아빠는 무차별 가격했다. 나는 지금도 권투와 격투기를 못 본다. 몇 번인가 엄마가 쓰러졌고 우리는 울고불고했다. 아빠의 폭력은 남동생이 고등학생이 되어 유도를 하면서 잦아들었다. 그때는 동생이 물리적으로 아빠를 제어할 수 있게 되었기 때문이다. 하지만 그 이후에도 엄마는 종종 맞았다.

아빠가 늙어 힘이 없어지고 엄마보다 덩치가 작아졌을 때, 폭력은 그쳤다. 하지만 엄마가 쓰러졌다. 뇌혈관이 터진 거다. 나는 그 원인이 아빠의 누적된 폭행이라 생각한다. 도대체 아빠는 왜 그랬을까? 물어볼 수는 없었다. 내 아픈 상처를 헤집는 일이니까. 다만, 엄마가 젊어서 미인이었고 붙임성도 있어서 꽤 인기가 있었던 것 같다. 엄마가 다른 남자랑 말하는 것만 봐도 아빠는 참지 못했다. 나중엔 의처증 증세까지 보였다. 나이 들어서도 엄마가 노인정에 가는 것도 못하게 했다. 내가 가 보니 할머니들뿐이었는데, 그래도 못 가게 했다. 아빠는 언젠가 '내가 너희 엄마 그렇게 안 지켰으면 벌써 바람났다'고 했다. 아마도 그런 잘못된 의심이 병이 되어 폭력으로 나타난 것 같다."

루나: 40대, 아버지가 아내와 자식들 폭행

"아버지는 전 부인과의 사이에 아이 둘이 있었다. 그 상태에서 처녀였던 우리 엄마를 만나 결혼했다. 결혼식을 올리고 나서야 전 부인과 이혼했는데 그 때문에 직장을 잃었다. 지방 공무원으로 정년이 보장된 상태였으나 외도 사실이 알려지면서 왕따를 당하다시피 쫓겨난 것 같다. 그 이후 술로 세월을 보냈고 과음한 날이면 일주일에 두세 번은 어머니를 비롯해 우리에게 손찌검을 했다.

처음엔 물론 어머니도 우리도 사랑했을 거다. 하지만 돈을 못 벌게 되고 어쩌다 일용직이나 하다 보니 '내가 너희 때문에 이렇게 됐다'며 엄마와 우리 탓을 했다. 무능한 상태에 알코올 의존이 심해지면서 폭력도 더해졌다. 때리는 날은 도망도 가고 말리기도 하면서 지냈다. 언니들은 도망치듯 시집을 갔다. 아빠가 죽고 나서야 그 끔찍한 불행은 끝났다."

하니: 30대, 남편이 아내(본인) 폭행

"부부가 살다 보면 다투기도 하고 싸우기도 하는 거 아닌가. 남편은 자기 의견에 반대하거나 다른 의견을 제시하는 꼴을 못

본다. 술 마시고 이야기하다 언성이 높아지면, 그래서 내가 제 생각하고 다르게 말하다 보면 어느 순간 주먹을 날린다. 나도 한 성격해서 그냥 맞고만 있지 않았다. 더 소리치고 난리 부리는데 그러면 남편은 무차별 공격을 했다. 그런 일이 한 달에 한 번은 벌어진 거 같다. 언젠가는 그가 부엌칼을 들고 '다 죽이겠다'고 한 적도 있다. 진짜 죽일 것 같아서 딸아이를 안고 도망나왔다. 가정폭력 피해여성 보호소에 있다가 친정으로 갔다. 지금은 이혼 소송 중이다."

지금까지의 이야기보다 더 심한 경우도 있을 거다. 폭력의 트라우마는 생각보다 오래간다. 나는 전농초등학교 4학년 때 잊을 수 없는 폭력을 겪었다. 이때 담임선생은 박정희식 군사문화를 동경하는 이였다. 봄 소풍 이전까지 학생들에게 '우향우, 좌향좌, 우향 앞으로 가, 좌향 앞으로 가'를 하루에도 몇 번씩 훈련시켰다. 드디어 소풍 날. 즐거워야 할 소풍은 담임의 제식훈련 콤플렉스로 엉망이 됐다. 소풍을 다녀와서 학교 운동장에 학급생 전원을 소집하더니 '소풍 내내 오른발 왼발이 맞지 않았다'며 토끼뜀과 오리걸음을 시켰다. 지금 생각해 보면 정신병자가 아닌가 싶다. ―이 인간 지금쯤 죽었겠지? 그날따라 비가 주룩주룩 내렸다. 어린 마음에도 '이건 아니다'라고 생각했다.

그때 나는 반장이었는데 하굣길에 교감 선생님을 만났다. 교감 선생님이 쫄딱 젖은 우리를 보고 "무슨 일이냐"고 물었다. 나는 사실대로 대답했다. "소풍 때, 제식훈련 연습한 대로 하지 않아 기합을 받았다"고.

다음 날, 담임은 나를 앞으로 불러 세우고는 "이런 배신자 같은 XX" 운운하며 따귀를 때렸다. 맞을 때마다 나는 뒤로 밀렸고, 교단 앞에서 시작된 따귀는 열 대쯤 계속되다 교실 뒤에 가서야 멈췄다. 담임은 나를 엎드리게 하고는 다시 대걸레 자루로 대여섯 대 더 때리고 나서야 분을 풀었다. 모두 집으로 돌아가게 하고 나만 남은 시간, 그는 내게 반성문을 쓰게 했다. 어린 나는 손을 떨며 반성문을 썼다. 집에 가니 어머니가 깜짝 놀라며 물었다.

"너 얼굴이 왜 이래?"

거울을 보니 양쪽 뺨에 피멍이 들어 있었다. 사실대로 말씀드렸다. 어머니는 그 길로 나를 이끌고 학교로 갔다. 자초지종을 설명하니 교감 선생님이 묵묵히 듣고 있었다. 그리고 며칠 뒤, 새로운 담임선생님이 오셨다. 다정다감한 여자 선생님이었다. 그분 덕분에 내 상처는 꽤 아물었으나 아직도 그 폭력의 순간은 내 뇌리에 상처로 남아 있다.

단 한 번의 기억도 이렇게 깊은데 이게 일상이 된다면 어떨까? 끔찍한 일이다. 초등학교 4학년 봄 소풍 때, 그 어린 나이에 나는 '이런 게 지옥이구나'라는 생각을 했다. 가정폭력에 고통받는 이들은 일상이 지옥인 셈이다. 언젠가 나는 부엌에 앉아 오래 놔둔 마늘의 겉에 핀 곰팡이를 도려냈다. 곰팡이가 살짝만 피었으면 여러 군데라 해도 도려내면 된다. 하지만 하나라도 너무 깊게까지 상해 있으면 그 마늘은 버려야 한다. 마음도 그렇다. 너무 깊게 상처받으면 정신을 버리고 영혼을 못 쓰게 된다. 우리에겐 회복 탄력성이 있어 아무리 아픈 상처라도 잊고 살아가긴 하지만 극복한다고 되는 게 아니고 잊는다고 잊히는 게 아니다. 상흔을 안고 꾸역꾸역 살아가는 거다.

드라마 〈부부 클리닉−사랑과 전쟁〉을 집필한 임선경 작가는 몇 년 동안 이혼사례를 수집해 왔고 그를 바탕으로 『연애 과외』라는 책을 썼다. 그는 이렇게 말한다.

"폭력은 못 고친다. 연애할 때 조금이라도 폭력 성향이 있는 남자하고는 헤어지는 게 맞다. 안 그러면 매 맞는 아내가 된다."

결혼한 뒤에 폭력을 쓰는 남자하고는? 역시 헤어지는 게 맞다. 안 그러면 아이들도 맞는다.

저항하지 못할 완벽한 지배,

그 허상 아래 영혼은 빛을 잃고 스러진다.

꼰대와 변태 사이

사만다: 38세, 외국계 회사 근무, 싱글

사만다는 활달한 성격의 전문직 여성이다. 영어와 프랑스어를 구사하며 호감 가는 외모에 솔직 담백한 말투를 지녔다. 알고 지낸 지 10년이 넘었는데 남녀불문하고 누구나 그녀를 좋아한다. 얼마 전 나는 책 집필을 위해 인터뷰를 요청해도 되느냐 물었고 그녀는 흔쾌히 응했다. 사적인 질문이 있을 수도 있는데 괜찮겠냐고 묻자 "괜찮다. 내 판단이 허락하는 한 솔직하게 답하겠다"라고 했다.

- 먼저 꼰대 같은 질문을 하겠다. 싱글인 걸로 아는데 결혼한 적이 있는가?

- 없다.

- 그럼 결혼을 못 하는 건가, 안 하는 건가?"

- 못 하는 것 같다.

- 이유가 뭐라고 생각하나?

- 한국 남자들은 꼰대 아니면 변태다."

- 말문이 막혀 한동안 질문이 생각나지 않았다. '10년 지기인 나는 어떤 부류인가' 묻고 싶었지만 참았다. 곰곰이 생각해 보니 '둘 다'라는 자체 판단이 섰다. 왜 그렇게 생각하나?

- 호의를 베풀고 친절히 대하면 무리한 질문을 한다. 꼰대같이. 그 질문에 대해 관계가 망가지지 않게 상식선에서 응하면 과도한 요구를 하거나 행위로 들이댄다. 변태같이. 그런 거다.

- 예를 들어 달라.

- 오래 다녔던 직장에서 분점 파견을 보냈다. 나와 다섯 살 연상의 남자 상사와 둘이 근무하는 곳이었다. 환경은 7성급 호텔 같았지만 하루 종일 그하고만 지내다 보니 어쩔 수 없이 친해져야 했다. 당연히 회식도 하고 밥도 같이 먹고 술도 마셨다. 나는 다만 직장 상사로 대했고 그도 나를 후배로 대해주길 바랐다. 우린 거의 오피스 커플 같았지만 그렇다고 내가 그를 이

성적으로 좋아하진 않았다. 여기가 분기점이다. 공적으로 좋아하는 것과 사적으로 좋아하는 걸 구분하지 못한다. 결국 그가 성추행을 해서 회사를 그만두었다.

– 경고하거나 윗선에 보고했나?

– 물론이다. 그만둔 게 10년 전인데 그때도 보고 체계가 엉망이었다. 중소기업이라 사후처리가 아예 없었고, 보고 뒤에도 그의 얼굴을 봐야 했다. 또 추행을 하기에 바로 사표를 던졌다.

– 유감이다. 'No means no'를 무시하는 남자들이 너무 많다.

– 친절하게 대한다고 좋아하는 거 아니다. 한국 남자들이 이걸 모른다.

– 결혼할 기회는 없었나?

– 왜 없었겠나. 여러 번 있었다. 결혼하기 싫었던 건 아니다. 좋은 남자가 생기면 당연히 결혼하고 싶었다.

– 왜 성사가 안 됐나?

– 첫 번째는 내가 너무 어렸다. 20대 초반에 맘에 드는 사람이 생겼는데 그가 내게 상견례 하러 가자는 말을 하려고 근사한 저녁을 샀다. 무슨 호텔 스카이라운지였던 거 같다. 그런데 저녁을 먹으면서 '이런 레스토랑은 오늘이 끝이다. 이제부터 우리 둘이 아끼면서 살아야 한다'고 하더라. 그 순간 정이 떨어졌다.

– 그런 말을 할 수도 있는 거 아닌가?

- 해도 된다. 하지만 너무 성급했다. 상견례 하고 결혼식 올리고 신혼여행 가서 하든가 아니면 신혼집 이사하고 첫날밤에 얘기하면 좋지 않았을까? 아이라도 하나 낳고 하든가. 아직 결혼이 뭔지도 모르고 환상으로 가득한 스물두 살 여자에게 그 말은 부담이 됐다. 그 후로 멀어져서 만나지 않았다.

- 그럴 만도 하겠다. 두 번째는?

- 스물여덟 살 때 정말 괜찮은 사람을 만났다. 양쪽 집안을 오가며 인사도 하고 식사도 하고 그랬다. 내 친구 애인의 친구여서 우리 넷이 그 사람 집에 가서 자기도 하고 그랬다. 섹스를 한 건 아니다. 그런데 이게 참 이상한 게 약혼식을 하기로 하고 식당 예약을 한 날, 그가 우리 집까지 바래다줬다. 그의 차 안에서 첫 키스를 했는데…, (그녀는 물을 한 모금 마셨다) 그 키스가 문제였다.

- 키스가 뭐가 문제였나?

- 키스하고 그 남자가 싫어졌다.

- 그 전에 키스를 해 본 적이 없었나?

- 내가 그리 어수룩하지 않다. 그 사람 이전에 몇 사람 사귀어도 봤다. 그런데 그 사람하고 키스하고 나서 '이 사람은 아니다'란 생각이 들었다. 같이 살기는 어려울 것 같았다.

- 화학적 반응이 서로 맞지 않았던 것 아닐까?

- 그런 것 같다. 뭔가 내 안 깊은 곳에서 그를 거부하는 것 같았다. 그게 뭔지 정확히 설명하긴 어렵다.

- 내 생각엔 그녀의 유전자가 그를 밀어낸 것이다. 타액의 교환이라는 육체적 접촉의 순간에 DNA가 뇌에 "NO"라는 신호를 보낸 것 아닐까? No means no. 그렇다고 키스 한 번에 결혼을 무산시킨 건 심하지 않은가?

- 나에겐 사랑이 중요하다. 나는 남자가 아무리 돈이 많고 잘나도 내가 그를 좋아하지 않으면 못 산다. 그래서 〈오만과 편견〉에 나오는 여주인공 리지의 친구 샬럿이 이해되지 않는다.

- 콜린스 목사와 결혼한 샬럿 말인가?

- 그렇다. 샬럿에게도 사정은 있었다. 당시 여자들은 부모의 재산을 상속받지 못했고 시집을 가지 않으면 오빠나 남동생 집에 얹혀 살아야 했다. 제인 오스틴도 미혼이었기에 그렇게 살았다. 책상 위에 원고를 펴 놓고 글을 쓰다 누가 오는 기척이 있으면 재빨리 서랍 속에 원고를 넣었다고 한다. 그렇게 눈치 보는 삶을 살면서 원고를 썼다는 게 기적이다. 샬럿 역시 열렬한 사랑은 없지만 서로 배려하면서 사는 부부의 삶을 원했던 것 같나.

- 그게 싱글보다는 나을 거라 여겼던 것 같다.

- 그랬을 거라고 본다.

- 현재는 다르지 않은가? 사만다 씨는 혼자 사는데 경제적으로 어려움은 없지 않은가?

- 없다. 집과 차도 있고 급여도 괜찮다. 그래도 혼자 사는 건 외롭다.

- 세 번 결혼할 뻔했다고 그랬는데 마지막은 왜 무산되었나?

- 외국인이었다. 한국 지사에 나와 있었을 때 친해졌고 진지하게 결혼을 생각했다. 그도 역시 나와 결혼할 생각이었다. 그런데 그 사람이 본국으로 발령이 나면서 떨어져 있는 시간이 오래되다 보니 자연스레 멀어졌다. 그가 사는 곳에 가서 독일인 예비 시부모님께 인사드리고 한 달쯤 같이 살기도 했다. 그런데 사귀는 것과 사는 건 달랐다.

- 어째서 그런가?

- 그는… 한국에 있을 땐 몰랐는데 축구광이었다. 그의 모든 일과가 축구를 중심으로 돌아갔다. 어떨 때는 '이 사람은 나보다 축구를 더 좋아한다'는 생각이 들 정도였다. 내가 어떤 음식을 만들어 내놓으면 '이건 안 돼. 지금 살 좀 빼야 해. 다음 주에 시합에 나가려면' 하고 퇴짜를 놓는 거였다. 그럴 때면 감정이 상하곤 했다.

- 축구선수는 아니지 않나?

- 당근. 회사원인데 사회인 리그 선수로 활약했다. 퇴근 후

와 주말에는 거의 축구에 미쳐 살았다.

　- 그래도 다른 여자에게 미치는 것보단 낫지 않을까?

　- 당해 보지 않으면 모른다. 내가 축구공보다 못한 존재 같은 생각이 드니까.

　- 여전히 결혼하고 싶은가?

　- 결혼하고 싶다. 낼모레 마흔인데, 될까?

　- 사랑에 나이가 무슨 상관인가? 좋은 남자가 나타나길 바란다.

　- 한 가지 걸리는 게 있다.

　- 뭔가?

　- 고양이를 기른다. 그것도 두 마리나. 애들이 너무 사랑스러워서 당분간 남자 없이도 지낼 수 있을 것 같다.

　그녀는 스마트폰 사진을 뒤져 내게 '순이' '민희'라는 그녀의 고양이 모녀를 보여 주었다. 여느 엄마가 제 자식 자랑하는 표정이었다. 부디 사만다가 축구보다 그녀를 더 사랑하는 멋진 남자를 만나기를. 그 남자는 고양이보다 더 사랑스럽기를. -될까?

우리 사이의 거리는 얼마나 될까

사례 ————

양수인: 40대 중반, IT 개발자

수인 씨는 20년 차 프로그램 개발자다. 서울에 아파트 한 채가 있지만 전세를 주고 자신은 원룸에 살면서 직장에 다닌다. 아내와 딸은 필리핀에 살고 있다.

　– 현재의 가족 상황을 말해 달라.

　– 기러기 아빠다. 하지만 아내가 한국에 살았더라도 별거했을 거 같다. 아내와 나 사이는 멀어질 대로 멀어졌다.

　– 이유가 뭐라고 생각하나?

- 내 탓이라면 내가 너무 바빴던 거. 아내 탓이라면 딸밖에 모른다는 거. 그것 같다.

- 경제적인 이유는 없을까?

- 대학 졸업하고 쉬어 본 적이 없다. 남들처럼 살았다. 경제적으로 많이 여유가 있는 건 아니지만 그렇다고 힘들지는 않다.

- 얼마나 바쁜 건가?

- 입사 초기에 좀 바빴다. 매일 자정 너머까지 일했고 주말에도 근무했다. 그때 막 창업한 회사였고 친구가 대표여서 내 회사처럼 일했다. 신혼 초에는 나름 괜찮았던 거 같은데 아이 낳고 나서 아내가 딸아이에게 올인하고 나니 얼굴 볼 시간도 없었다. 귀가해 보면 아내와 아이는 자고 있었고 아침에는 일어나자마자 출근했다. 일요일에는 밀린 피로를 푸느라 거의 하루 종일 잠만 잤다.

- 요즘도 그렇게 일이 많은가?

- 이제는 주 5일이라 괜찮다.

- 바쁘다고 해서 부부 사이가 다 멀어지는 건 아니지 않은가?

대화가 없어졌다는 게 문제였다. 어느 날 이후부터 아내는 돈이 필요할 때만 입을 열었다. '내가 돈 버는 기계인가' 하는 생각에 나도 말을 하지 않게 되고 점점 대화 없는 날이 길어졌다.

- 부인이 왜 그랬다고 생각하나?

- 아내도 좋은 대학 나와서 외국계 회사를 다니다 나와 결혼했다. 아이 낳고 직장에 다닐지, 그만둘지 고민하다 사표를 내고 육아에 매달렸다. 그런 부분에서 못다 이룬 꿈이 있다. 그건 인정한다. 아내가 직장 다닐 때 나보다 봉급이 많았다. 그래선지 애 엄마는 돈 버는 걸 어렵지 않다고 여긴다. 또 아내 회사는 일찍부터 주 5일 근무에 휴가가 많았다. 야근은 거의 없었다. 그래서 일만 하는 나를 잘 이해하지 못한다.

- 대화를 시도해 본 적은 있나?

- 사람은 마음이 접히면 입도 닫히는 것 같다. 딸아이까지 통 말을 안 하니 집에 들어가면 나는 남처럼 느껴졌다.

- 가족과 가까워지려는 시도를 해보지는 않았나?

- 내가 중학생일 때 아버지가 사업에 실패해서 내내 힘들었다. 그 뒤로 아버지는 이것저것, 고물상까지 했지만 매번 돈만 날리셨다. 그때부터 내가 취직하기 전까지 반지하 단칸방을 전전했다. 나한테는 그 강박이 있다. 일하지 않으면 불안하다. '내가 이러다 우리 식구를 굶기는 거 아닌가' 하는 생각에 안절부절 못한다. 아내는 '쉬어가며 하라' 했지만 그렇게 못했다. 배부른 소리라고 생각했다. '돈만 벌어오면 다냐?'라고 할지 모르지만, 그것도 제대로 못한 아버지 밑에서 자라 보면 안다. 돈 벌

어오는 게 얼마나 중요한지. 장인어른은 안정적인 기업에 다니다 퇴직하셨다. 그래서 아내는 실감을 못하는 것 같다.

  – 가족과 함께 지내는 시간이 없었나?

  – 여름휴가 간 게 언제인지 모르겠다. 아이 돌 때 한 번 간 것 같다. 그 이후에는 휴가다운 휴가가 없었다. 휴가를 받아도 그냥 집에서 쉬었다.

  – 부인 입장에선 불만이 있었을 것 같다.

  – 아내가 여행을 좋아해서 답답해했다. 그럴 때마다 그냥 딸 아이랑 다녀오라고 했다. 아이가 초등학교에 들어간 뒤에는 둘이 일본도 같이 가고 필리핀도 다녀오고 했다. 필리핀에 갔다 오더니 좋다고 했다. 그러다 아이가 중학교에 입학하면서 영어 공부도 시킬 겸 아예 그곳에 집을 얻어서 아이를 학교에 보내고 있다.

  – 얼마나 됐나?

  – 이제 3년 되어 간다.

  – 지낼 만한가?

  – 나는 편하다. 아내도 딸이랑 잘 지내는 거 같다.

  – 연락은 자주 하나?

  – 요즘이야 카톡이 있으니 2~3일에 한 번은 하는 편이다. 근데 뭐 밥 잘 먹냐, 잠은 잘 자냐, 뭐 그 정도다.

– 얼마나 자주 가족과 만나는가?

– 1년에 한 번이나 두 번. 내가 가거나 아내와 아이가 온다.

– 부인과 딸은 언제 귀국하나?

– 아이가 고등학교에 들어가면 한국에서 대학에 갈지 아닐지 결정할 거고, 한 고등학교 2학년 때쯤이면 오지 않을까 싶다.

– 딸이 보고 싶지 않은가?

– 보고 싶지 왜 아니겠나. 그런데 아내랑 사이가 멀어지니 딸아이도 무슨 얘기를 들었는지 살갑지가 않다.

– 많이 힘들겠다.

– 면역이 됐다고 할까. 익숙하다.

– 뭐가 제일 힘든지?

– 귀가. (웃음) 아무도 없는 집에 들어가는 것만큼 괴로운 게 없다. 일부러 회사에 늦게까지 있다 들어간다.

– 부부관계를 회복하려는 노력은 해봤나?

– 지난 몇 달 동안 글을 썼다. 아내와 딸에게 주는 글이다. 글을 써보니까, 나를 돌아보게 되더라. 이게 좀 도움이 될지도 모르겠다.

수인 씨는 자신의 일생을 되돌아보는 글을 써서 작은 책을 만들었다. 70쪽짜리 단순한 제본 형태의 책자였다. 책의 마지막에는 '그동안 나 때문에 두 사람이 괴로웠을 것 같다. 내가 먼저 말을 걸지 않았으니까. 돌아오면 힘들더라도 더 많이 대화 나누면서 행복하게 살자'라고 썼다. 수인 씨는 그 책을 부인과 딸에게 국제우편으로 보내고 답이 오길 기다리고 있다.

서로 사랑한다면

그 영혼 깊은 곳에서 홀로 울고 있을

아이를 발견하고 보듬어 주기를.

폭력이라 이름 붙이지 않은 폭력

사례 ⸺

릴리: 40대 중반, 자영업

- 남편과 사이가 어떤가?

- 10년째 각방을 쓰고 있다. 알 만하지 않은가?

- 어쩌다 그렇게 되었나?

- 남편이 외도를 했다. 외도만 하면 모르겠는데 상간녀의 말을 믿고 사업에 투자, 재산을 다 날렸다. 그 날린 재산 안에는 내가 식당해서 번 돈으로 산 아파트도 포함된다.

- 결혼한 지 얼마나 됐나? 가족관계는?

- 20년 됐다. 대학생 아들, 초등학생 딸 둘이 있다.

- 왜 이혼하지 않았나?

- 남편이 돌아왔고, 그때 막내가 어렸다. 남편이 아이들은 끔찍하게 생각한다. '아이들에게는 아빠가 필요하다'는 마음이었다. 둘째 딸 결혼식 때 아빠 팔짱 끼는 것 하나 보고 산다. 그 다음엔 이혼할 생각이다.

- 각방까지 써야 하나?

- 남편 휴대폰에서 상간녀한테 보낸 사진을 봤다. 벌거벗고 발기한 모습이었다. 그걸 몇 장이나 보냈다. 미친 X. 상간녀는 답으로 누드사진을 보내왔다. 그것 때문에 충격을 받고 정신과 상담을 받기도 했다. 몇 달을 마음고생했고 아직도 트라우마가 있다. 그런 인간하고 다시 섹스하고 싶겠나?

- 결혼할 땐 사랑하지 않았나?

- 당연하다. 그것도 내가 먼저 좋아서 결혼하자고 했다.

- 이유는?

- 대학 신입생 때 그는 복학생이었다. 말이 없고 무슨 말을 해도 고상하게 했다. 취향이 귀족적이었다. 지방에서 자란 나는 그게 좋았다. 눈에 콩깍지가 씐 거지.

- 신혼생활은 어땠나?

- 결혼하자마자 시댁에 들어갔다. 2000년 밀레니얼 시대에

도 시집살이가 있다. 고양시 초입의 단독주택에서 2년 동안 살았다. 남편이 막내라 시부모님은 놓아주려 하지 않았다. 그때 난 스물다섯이었고 시어머니는 예순이었다. 지금 생각해 보면 기가 막힌다. 60살 먹은 여인이 25살 여자 다루기는 어린애 손목 비틀기 아닌가? 신혼여행에서 돌아오자마자 노예생활이 시작됐다.

 – 어떻게?

 – 시아버지가 중소기업체를 운영해서 시댁이 좀 살았다. 지금 생각해 보면 졸부였다. 먹는 거, 입는 거, 이런 거 되게 따지고 상대방 학벌, 사는 곳 따지고 그랬다. 그래서 시댁에서는 충청도 촌구석 며느리라며 처음에 우리 결혼을 엄청 반대했다. 우리집도 아버님이 지역에선 유지인데…. 그래도 내가 좋다니 집에서 자존심 상해 가며 결혼시켰다.

 하여간 새벽 5시에 일어나 한복 입고 시부모 문안부터 시켰다. 친구들은 '재벌가도 아니고 뭐냐?'고 믿지 않는다. 지금도 그런 사람들이 있다. 그때부터 밥하고 반찬 만들고, 설거지 빨래 청소 등등 살림을 배웠다. 쉴 시간도 없었다.

 – 힘들었겠다.

 – 시댁이 어려우면 그럴 수도 있다. 잘 사는 집이다. 그때까지 일하던 도우미 아주머니를 내보냈다. '며느리가 들어왔는데

왜 가정부가 필요하냐'는 거다. 그러니까 난 그냥 가정부로 들어간 거다. 시어머니는 나를 노동인력으로 생각했지 가족의 일원으로 여기지 않았다.

– 정말 그랬을까?

– 예를 들어, 식사를 마치고 과일을 깎아서 놓으면 시어머니가 접시에 담아 내놓는 건 돕는다. 근데 그걸 내놓을 때도 시어머니 거, 시아버지 거, 남편 거, 이렇게 내놓는다. 난 그냥 부엌에서 먹으라는 거다. 고기를 구워도 좋고 큰 건 세 사람 몫이고 지질하고 부스러기 같은 건 내 몫이다. 사실 그땐 그게 당연하다고 생각했는데 지금 생각해 보면 난 그냥 부엌데기였다.

– 시어머니는 왜 그랬을까?

– 한마디로 격이 안 맞는 집안의 딸내미가 며느리로 들어왔다는 거다. 재산으로 따지면 우리 집이 물론 한참 뒤진다. 근데 시어머니는 말끝마다 '너네 집에선 이런 거 모르니?' '너네는 이런 거 안 먹었니?' 했다. 그게 20년을 갔다.

– 친정에도 이야기했나?

– 친정 부모님께 처음엔 잘 지낸다고만 했다. 그러다 첫 생일날 속상해서 전화하면서 울었다.

– 무슨 일이 있었나?

– 첫 생일이라고 웬일로 외식을 허락했다. 외식은 꿈도 못

꾸었으니까. 남편과 호텔 뷔페에 갔다. 밥을 먹고 있는데 시어머니가 전화해서 '그 호텔 뭐뭐가 맛있으니 좀 싸오라'는 거다. 뷔페에서 음식 싸가는 사람이 어디 있나. 남편은 모르는 척하고 있고 내가 어찌어찌 비닐에 싸 갔다.

– 그 일로 울었나?

– 아니다. 문제는 그날 친정어머니가 김치를 싸 보냈는데 시어머니가 먹어보더니 '이거 무슨 꼬랑내가 난다. 너넨 이렇게 먹니?' 하면서 치우라는 거다. 김치 냉장고에 집어넣으면서 눈물이 났다. 집에 전화했더니 엄마는 또 '서울 사돈 입맛을 몰랐네. 다음부턴 젓갈 빼고 해 보낼게' 하더라. 친정어머니는 매년 쌀에 김치에 된장, 고추장을 보냈다. 딸 가진 게 죄지.

– 분가할 생각은 안 했나?

– 왜 안 했겠나? 미칠 것 같아서 아이 낳고 근처에 식당을 열었다. 친정엄마를 닮아서 요리솜씨가 좀 있다. 장사가 잘 됐다. 남편 월급으로 생활비 하고 꼬박 3년 모으니 아파트 마련할 돈이 생겼다. 그래서 분가를 했다.

– 시댁에서 쉽게 허락 안 했을 거 같은데?

– 같은 아파트 옆 동에 사는 걸로 타협을 봤다. 시댁도 단독을 팔고 이사 왔고 우리도 이사를 했다. 분가를 하니 숨통이 트였다. 그래도 시어머니는 매일 몇 번씩 오갔다.

- 시어머니가 지금 투병 중이라고?

- 그동안 큰 수술을 두 번이나 했다. 무릎 감염으로 한 달 넘게 병원 신세를 지기도 했고 두경부암으로 목 부분을 다 절개하고 수술하기도 했다. 두경부암 수술하실 때 돌아가실 줄 알았다. 근데 안 돌아가시고 수술하고 더 잘 드시는 걸 보고 질렸다. 이번에는 폐렴인데 솔직히 그냥 돌아가셨으면 좋겠다.

- 정신은 있으시고?

- 정신은 말짱해서 지금도 욕을 한다. 그래서 병문안은 안 간다.

- 너무 미워하는 건 정신 건강에 해롭지 않을까?

- 우리 시어머니는 사이코다. 첫 아이 가졌을 때 그걸 알았다. 생리가 끊겨서 임신진단을 해 보고 아이 가진 걸 알았다. 시어머니에게 '저 임신한 거 같아요' 했더니 '알고 있다'는 거다. '어떻게 아셨어요?' 하니 '너 생리 끊겼잖니' 하더라. 나중에 안 사실인데 시어머니는 우리 부부가 쓰는 쓰레기통을 주기적으로 뒤졌다. 생리대가 나올 때가 됐는데 안 나오니 임신인 줄 안 거다.

- 설마….

- 사실이다. 막장 드라마보다 더 막장 아닌가? 엄마가 되면 아들을 위해 어떤 짓이든 하나 보다. 시어머니는 그게 아들을

위한 일이라 생각하고 한 거다. 하지만 결론은 오버다. 그 사실을 알았을 때 소름이 돋았다.

이 책 전체를 통해 누누이 강조하지만, 결혼해서 시댁과 함께 산다는 것 자체가 불행이다. '딸 같은 며느리' '엄마 같은 시어머니'는 없다. 릴리의 시어머니만 사이코일까? 이보다 더한 경우도 많다.

아들을 장가보냈으면 그 순간부터 내 아들 아니다. 며느리의 남편이고 그녀의 남자다. 아니, 인간은 성인이 되는 순간 부모 소유가 아니다. 만 18세가 되면 그때부터 '넌 내 새끼가 아니다'라고 생각해야 한다. 혹시라도 이 글을 시어머니 입장에서 읽고 있다면, 놔주길 바란다. 한때 당신의 아들이었던 그를. 당신이 붙잡고 있어서 당신은 행복할지 모르지만 그 집착 때문에 아들 가족은 불행하다.

릴리는 시어머니로부터 '세대 착취'를 당했다. 동서고금을 막론하고 아들 가진 어머니는 며느리를 착취하기 좋은 지위를 누렸다. 50대 중반인 내가 보면(안 그런 이들도 많지만) 20대 중반이면 아기다. 노회한 50~60대 중년 여성이 20대 여성을 다루기란 누워서 떡 먹기다. 대체로 막 결혼한 젊은 여성은 사회경험도 부족하고, 처세술도 미약하고, 살림경험은 전무하다. '그릇을 그렇게 놓는 거 아니다' '양말은 그렇게 개는 거 아니다' '전 하나 못 부치니' 같은 말에 상처받기는 일상다반사다.

힘 있고 지식이 있고 경험이 있는 상태에서, 거기다 상대를 좌지우지할 위치에서조차 상대를 편안하게 하고 배려해 주기는 어렵다. 지구상의 인간 중 99.99%는 이런 지위에서 갑질을 한다. 릴리는 "큰아들이 결혼하면 며느리에게 잘해 주겠다는 생각조차 하지 않는다. 그냥 놔줄 거다. 간섭도 연락도 최소화할 거다."라고 말한다. 릴리는 20년 시집살이를 통해 훌륭한 교훈을 얻었다. 인간은 역경을 통해 배우고 성장한다.

그때그때 다르다

사례 ———

산드라, 30대 중반, 공무원, 네 살 된 아들이 있음

- 지난번 모임에서 '남편이 멘토'라 했다. 맞니?
- 그런 말 한 적 없다." -산드라는 대답하며 웃었다. 나는 답만으로도 지난번 모임 때와 현재 그녀가 남편에 대해 가진 감정이 다르다는 걸 느꼈다. 부부가 서로에게 느끼는 마음은 하루에도 열두 번씩 바뀐다. **그때그때 다르다.**
- (웃음) 그렇게 들은 것 같은데?
- 아니다. 신뢰할 수 있는 사람이라 했다. '저 사람이라면 미

래를 같이해도 되겠다는 생각을 했고 그래서 결혼했다'고 말했다.

– 그런 생각을 하게 된 계기는?

– 일단 종교가 같았고, 내 이야기를 다 들어 줬다. 단지 들어 주는 게 아니라 진짜 이해하고 공감했다. 사소한 이야기도 끝까지 귀 기울여 들어 주니 좋았다.

– 부군께서 처가에 신경을 많이 쓴다고?

– 우리 식구 생일에 나보다 미리 관심 갖고 선물을 챙기는 등 신경을 쓴다. 지금 막내 남동생이 대학 졸업반인데 벌써 그 아이 결혼에 대비해서 돈을 모아 놓으라고 한다. 자기 돈도 보태겠다면서. 그동안 내가 프리랜서였는데 다음 달부터 직장에 다니게 됐다. 남편은 '잘 됐다. 목돈마련 저축을 시작하라'고 한다. 온전히 동생 장가보내는 몫으로. 그런 면이 참 고맙다.

– 시댁 가족 사항은 어떻게 되나?

– 부모님과 누님 한 분이 있다. 시부모님과 누님이 모두 내게 베푸는 걸 좋아한다. 내가 받은 게 많다. 가풍 자체가 남에게 뭔가 주는 걸 좋아하는 집안이다. 시댁 스트레스는 거의 없다.

– 그래도 단점이 있겠지.

– 첫 명절 때 내게 식은 밥을 주더라. 충격이었다. 묵은 가부장 풍습은 거기에서도 사라지지 않았다.

- 그다음 명절에도 식은 밥을 먹었나?

- 다행히 한 번으로 그쳤다. (웃음)

- 남편이 살림 많이 도와주나?

- 성격이 깔끔해서 청소는 나보다 더 잘한다. 거의 전담한다. 요리는 별로지만. 자라면서 아버님이 시누이를 약간 차별한 것 같다. 그녀는 일찍부터 사회생활 하면서 돈을 벌었고 남편은 하고 싶은 공부를 다 했다. 남편은 그걸 보고 '딸이라고 아들을 위해 꼭 희생해야 하나' 하는 생각을 했단다. 여자가 남자 때문에 손해보는 삶을 살면 안 된다는 거다. 그 때문인지 집안일을 많이 도와준다.

- 육아는 어떤가?

- 역시 나보다 아이를 잘 본다. 아들을 예민하게 돌봐준다.

- 어떻게 그럴 수 있나?

- 대학에서 사회복지를 전공했고 첫 직장이 지역 아동 학대 담당이었다. 그래서 뭐가 아이를 괴롭게 하는지 잘 안다. 또 남편은 교회에 다니면서 주일학교 선생님을 오래 했다. 그래서 아이들 성격을 귀신같이 파악하고 아이가 뭘 원하는지 잘 안다.

- 아이 키우기가 쉽지 않을 텐데.

- 맞다. 가끔 그도 짜증을 내긴 하지만 나보다 잘 대처한다. 나는 육아 스트레스로 우울증까지 앓았다. 더구나 체력도 약하

다. 남편이 아니면 벌써 쓰러졌을 거다.

– 부부싸움은 안 하나?

– 왜 안 하겠나. 내가 워낙 몸이 약해서 남편이 살림과 육아를 도와준다고 해도 나는 늘 더 바란다. 그래서 종종 갈등이 있다. 그는 '해도 해도 끝이 없다'는 말을 한다. 하지만 우리는 다투다가도 곧 화해한다. 주변 부부 중에 육아 때문에 못 살겠다, 이혼하겠다, 라는 부부가 있었다. 금실이 좋았는데 애 키우는 스트레스가 그렇게 심한 거다. 맞벌이 하면서 아이 둘을 키우기가 쉽지 않았을 거다. 그들을 보면서 충격을 받았다. '우리는 저렇게 되지 말자'며 서로의 입장에서 생각해 준다.

– 다른 갈등 요소는?

– 성향이 다르다. 난 내향적이고 남편은 외향적이다. 사람 만나기 좋아하고 파티 좋아한다. 난 자신감이 없는 편이고 남편은 근거 없는 자신감이 넘친다. 내가 눈물이 많은데 처음엔 이해하더니 지금은 '아직도 마음이 그렇게 약하냐'고 한다. 별로 심하지 않은 말에도 나는 상처받는다. 하지만 내 본질을 깊이 이해하기에 나도 양해한다. 이런 일로 심하게 싸우진 않는다.

– 남편에게 고맙다고 했는데 이유는?

– 처녀시절에는 가정에서 또 사회에서 받은 상처가 많았다. 모든 면에 절망적이었고 죽고 싶을 때도 많았다. 그런데 남편

을 만나면서 '살고 싶다'는 생각을 하게 됐다.

- 구체적인 계기가 있었나?

- 특별한 계기가 있었던 건 아니다. 그냥 '이 사람하고 대화하면 참 편하구나' 하는 생각이 쌓였다. 남편은 내가 무슨 말을 하면 과거와 미래를 통찰하면서 내게 가이드가 되어 준다. 예를 들어 다음 달부터 나는 생애 처음으로 직장생활을 하게 된다. 직장생활을 오래 한 남편은 내게 이렇게 말했다.

'당신은 처음 직장을 다니는 거니까 어려운 점이 있을 거야. 상사 대하는 법, 또래지만 윗사람 대하는 법, 동료나 아랫사람 대하는 법 모두 처음이니까. 또 매일 출퇴근하기도 힘들겠지. 그럴땐 말이야…' 하면서 조근조근 세심하게 이야기해 준다. 내가 못 보는 부분까지 깨우쳐 주는데 듣다 보면 나보다 시각이 넓고 깊다. 그의 조언을 들으면서 나는 늘 배운다.

- 봐라. 그게 멘토가 아니고 뭔가.

- 그러네.

산드라처럼 '남편을 존경한다'는 여성이 얼마나 될까? '아내를 사랑한다'는 남편은 또 몇이나 될까? -내가 그동안 인터뷰이를 잘못 선택한 거겠지? 그렇겠지? 인터뷰를 하면서 느낀 것은 대개의 부부가 데면데면하게 살아간다는 거다. 서로를 증오하거나 서로에게 무관심한 부부도 많다.

　남편이 아내의 멘토가 되어 준다면 어떨까? 반대의 경우도 있다. 아내가 남편의 멘토가 되는 경우. -나는 대화하다 보면 늘 아내에게 배운다. 부부가 서로의 멘토가 된다면 이보다 더 아름다운 관계는 없으리라. 그런데 배움을 주고받을 때 선생만큼 중요한 게 학생이다. 배우려는 자세를 갖지 않는다면 소크라테스가 살아 돌아와도 멘토가 될 수 없다. 산드라의 남편이 멘토가 될 수 있는 이유는 멘티인 산드라의 마음이 열려 있기 때문이다. 서로에게 멘토 또는 멘티가 되면서 부부가 동시에 성숙한 인격을 향해 간다면 그 또한 아름답지 않겠는가?

안녕하오,

당신들의 성생활

싫다는 건 싫다는 거다

1970년, 30대 중반의 A씨는 강간혐의로 법정에 섰다. 누굴 강간했을까? 다름 아닌 그의 아내였다. A씨는 다른 여성과 동거하다 아내에게 들통이 났다. 부인은 그를 간통죄로 고소했고 다급해진 A씨는 "동거녀와 관계를 청산하겠다. 새 출발하자"며 화해하려 했다. 집에서 이야기하던 중 부인이 이들의 재결합을 거부하자 A는 그녀에게 섹스를 시도한다. 손을 잡자 부인이 뿌리쳤고 입을 맞추려 하자 밀어냈다. A는 결국 부인을 성폭행했다.

이 사건에 대해 대한민국 대법원은 '무죄' 판결을 내렸다. 당시에는 부부 사이에 강간이 성립한다고 보지 않았다. 판결문을 보면 '두 사람이 실질적인 부부인 이상 정교^{情交} 청구권이 없다는 것을 전제로 A씨를 강간으로 처벌한 것은 그릇된 판단'이라고 되어 있다. 쉽게 해석하면 '남편은 언제든 아내에게 섹스를 요구할 권리가 있다. 남편이 외도하고 들어와도, 아내의 감정이 상해도, 아내가 싫어해도 상관없다. 남편은 배설할 권리가 있고 아내는 배설을 받아들일 의무가 있다'는 거다. 딱 강아지 수준의 인식이다. 그 수준은 현재에도 진행형이다.

희주는 잠자리가 괴롭다. 남편과 평소에 덤덤한 사이인 데다 최근에는 경제적인 어려움이 겹쳐 부부관계를 할 생각이 없다. 각방을 쓴 지도 오래됐다. 문제는 남편이 직장에서 회식하는 날이다. 한 달에 한두 번, 그는 술에 취해 들어와 희주의 방으로 침입한다. 자고 있는 희주를 덮쳐 삼겹살과 소주, 담배와 마늘 냄새가 섞인 입으로 키스를 한다. 그녀는 싫지만 내색하지 않는다. 포기상태로 그를 받아들인다. 그 어떤 전희도 애무도 사랑의 밀어도 없이 남편은 삽입을 시도한다. 섹스를 마치면 그는 제 방으로 돌아가 곯아떨어진다. 희주는 그때부터 잠을 자지 못하고 밤을 지새운다. 다음 날 술이 깬 그에게 "술 취해 들어 와 하는 섹스는 싫다"고 말한다. 남편은 "미안하다"고 하지만 그때뿐이다. 다음 회식 때 이런 일이 반복된다. 명백한 성폭행이다.

No means no. 한국 남성들이 뼛속까지 명심해야 할 문구다. 기혼이든 미혼이든, 미성년자든 100세 노인이든 잘 들어라, 남자들아.

여성을 만나 차 한 잔을 마셨다. 호감이 갔다. 헤어질 때 악수를 하기 위해 손을 내밀었는데 상대가 거부했다. 기분 나빠해야 할까?

⇒ 먼저 손 내밀지 마라. 말로 인사하라. 가족이 아닌 여성에게는 손등이든 어깨든 터치 자체를 하지 마라.

여성을 만나 식사를 하고 술을 한잔했다. 대화가 너무 잘 통했다. 그녀도 나를 좋아하는 눈치다. 헤어질 때 골목길에서 키스를 하려고 했는데 여성이 얼굴을 돌렸다. 벽으로 몰아야 할까?

⇒ 키스 시도 같은 건 하지 마라. '오늘부터 1일' 선언하고 서로 연인인 상태를 확인한 뒤에 해라. 서로 번개가 통해서 입을 맞추는 것은 영화에나 있는 일이다. 여성이 얼굴 돌리는 건 싫다는 의미다.

연인 사이다. 1박 2일로 여행을 갔다. 와인도 적당히 마셨다. 키스도 하고 같이 침대에 누웠다. 옷을 벗기려 하자 갑자기 그

녀가 "싫다"고 한다. 어떻게 할까? 이럴 때 '싫다'는 건 '좋다'
는 뜻 아닐까?

⇒ 귓구멍 막혔니? "싫다"는 건 "싫다"는 뜻이야. 자장가를
불러 줘. 그리고 너도 자.

부부 사이다. 키스도 하고 애무도 했다. 서로 발가벗었다. 콘
돔도 끼었다. 막 삽입을 하려는데 그녀가 "싫다"고 한다. 이건
아니지 않나?

⇒ 아닌 건 아니다. 그녀든 그든, "NO"라고 말하면 아닌 거
다. 거기서 모든 걸 멈춰라. "발가벗고 껴안고 자는 건 좋다. 그
이상은 싫다"면 그런 줄 알아라. "No"라는 말을 듣는 순간, 그
어떤 시도도 금물이다.

사랑하는 모든 행위는 합의를 전제로 한다. 나와 상대 그 누
구든 일말의 거부의사가 있다면 멈추어야 한다. 멈출 뿐 아니
라 안심시키고 위로하고 달래야 한다. 그게 사랑이다.

'No means no 룰'은 어떤 상황이든 상관없이 상대방이 거
부의사를 표시했는데 성관계가 이루어졌을 때 이를 처벌하는
법이다. 미국과 캐나다, 유럽 등 선진국에선 성폭행 범죄에 대
해 'No means no 룰'을 적용한다. 그런데 이 룰이 부부 사이

에도 적용될까? 강간 대상에 대해 법은 오랫동안 배우자 배제의 원칙을 지켰다. 미국은 1984년, 영국은 1991년 판결에 의해 이 원칙을 폐기했다. 독일은 1997년 형법을 개정해 배우자 강간을 인정했다. 우리나라에서는 2009년 1월 16일에 처음 부부 강간을 인정하는 첫 판례가 나왔다. -법조계는 왜 이렇게 늘 한발 늦을까? 부산지법 형사합의5부(재판장 고종주)는 외국인 아내를 흉기로 위협해 성폭행한 혐의로 기소된 A씨에게 징역 2년 6월에 집행유예 3년을 선고했다.

프랑스는 일반 강간보다 부부 강간에 대해 가중처벌 한다. 왜? 부부 사이에는 싫어도 표현하지 않고 가정의 평화를 위해 참는 경우가 많다. 부부가 서로에게 "NO"라고 한다면 이는 임계점에 다다른 상태다. 한마디로 '긴급상황'이다. 이때는 모든 걸 멈추고 서로의 영혼을 되돌아보는 기간을 가져야 한다.

왜 우리는 팔이 부러지고 인대가 손상되는 것만 아픔으로 인정할까? 골절로 몇 주씩 입원해 있는 건 당연하게 여기면서도 영혼이 망가진 건 가볍게 생각한다. 먼저, 전제할 게 있다. 우리의 몸과 마음은 서로 분리할 수 없다. 그냥 피곤해서 혹은 하기 싫어서 섹스를 거부할 수도 있다. 사랑하지만 오늘은 건너뛸 수도 있는 거다.

하지만 결혼생활을 하면서 부부가 내내 서로를 거부한다면 심각한 상황이다. 이럴 때는 마음을 입원시켜야 한다. 서로 떨어져서 지내본다든가, 절친과 며칠 여행을 다녀온다든가, 아니면 각자 조용한 곳에 가서 명상을 한다든가 해야 한다. 사람들은 손가락 하나 찰과상을 입어도 밴드를 감으면서 마음이 상하는 것에 대해서는 너무 소홀히 한다. 마음에도 붕대를 감아주자. 그리고 정상으로 회복할 때까지 돌봐 주자.

사랑하는 사람끼리 사랑을 나누는 것은 아름답다. 부부 사이의 성은 행복한 관계 유지를 위해 필수적인 요소다. 아름답고 행복한 섹스를 위해서는 양쪽 모두 정신적으로 육체적으로 자유로운 상태여야 한다. 강요되거나 억압받는 상태에서 아름답고 행복한 사랑을 공유할 수는 없다. 죽을 때까지 밥을 먹어야 하듯, 죽을 때까지 우리는 섹스해야 한다. 그 섹스, 기꺼이 하자.

회오리바람이 분다, 어떻게 할까

제혁: 세상엔 두 종류의 남자가 있어. 바람 피우는 남자와 그걸 들키는
　　　남자. 본능을 못 이기거든.
선우: 본능은 남자한테만 있는 게 아냐.

　　JTBC 드라마 〈부부의 세계〉에 나오는 대사다. 이 드라마는
김희애라는 탁월한 배우가 '모든 것을 다 가진 여성'에서 '복수
심에 불타는 메데이아'까지 완벽하게 연기하면서 28.3%라는
최고 시청률을 기록했다.
　　소도시 가정의학과 전문의 선우(김희애)는 영화감독이자 엔
터테인먼트 사업가인 태오(박해준)와 결혼, 아들 준영(전진서)과

함께 멋진 집에서 살고 있다. 돈, 명예, 가정 모든 면에서 남부럽지 않게 잘 살던 그녀는 어느 날 청천벽력 같은 사실에 망연자실해진다. 남편이 바람을 피웠다. 단순한 외도가 아니라 '나를 둘러싼 모두가 완벽하게 나를 속이는' 상황의 외도다. 절친도 날 속이고 선배도 후배도 날 속인다. 선우는 이 충격 속에 분노하고 부정하고 자책하면서 결국 복수의 길을 택한다.

"내 아들, 내 집, 내 인생 뭐든 놓치지 않을 거야. 이태오만 제거하면 되니까."

과연 그럴까? '외도 당사자의 삭제'가 남은 가족의 행복으로 직결될까? 선우가 택한 복수 중 태오에게 가장 가혹한 건 '아이를 못 보게 하는 것'이다. 그리스 신화의 메데이아가 외도한 남편 이아손에게 복수하기 위해 그들 사이에서 난 아이들을 잔인하게 죽이듯이. 그러나 이 방법은 자식이 미성년일 때나 가능하다. 성인이 되고 나면 외도한 아빠를 보든 말든 자식이 선택할 문제가 된다.

사회생활을 하면서 내게 너무 모범적으로 보였던 선배가 있다. 독실한 크리스천이면서 중소기업 CEO로 지역사회에서 어느 정도 명망도 있었다. 선배는 솔직하고 친절한 성격의 남자였다. 언젠가 술을 마시면서 그에게 물었다.

"형, 결혼 몇 년 차야?"

"20년."

"형은 외도 한 번 안 했지?"

"…."

"설마?"

"너한테만 하는 이야기인데…, 나도 네 번 했다."

충격이었다. 그 사람만은 일편단심 민들레인 줄 알았는데. 나도 남자지만 이래서 남자들은 믿을 수가 없다는 거다. -어쩌려고 이러나? 결혼 20년에 아내 모르는 외도가 네 번. 평균 5년에 한 번이란 건데. 많은 것인가, 적은 것인가. -당신의 결혼 연차를 세는 중인가?

외도는 절대적이다. 한 번도 많다. 그렇기에 절대 해선 안 되고, 해도 걸려선 안 되며 걸려도 인정해선 안 된다. 하지만 생각해 보자. 바람을 남자 혼자 피우겠나? 선우의 말대로 '본능은 남자만 있는 게 아니므로' 상대 여성이 있다. 그 여성은 미혼일 수도 기혼일 수도 있다. 세상엔 선우같이 억울한 경우 못지않게 '오쟁이 진' 남자들도 많다.

원래 오쟁이는 짚으로 엮어 만든 섬을 뜻한다. 섬은 열 말이

들어가는 가마니로 쌀 '한 섬, 두 섬' 할 때의 그 섬이다. 뒤집어 쓸 수 있을 정도로 넓고 큰 바구니라고 보면 된다. '오쟁이 진다'는 말은 '자기의 아내가 다른 남자와 간통하다' 내지는 '자기 아내가 다른 남자와 간통하는 장면을 목격하다'는 뜻이다. 이한길의 『한국 민속 문학 사전』을 보면 이 말은 주로 전남과 경북 지역에서 채록된 설화에서 유래했다.

어떤 남녀가 간통을 하다 남자가 "우리 둘만 재미 볼 게 아니라 당신 남편이 보는 데서 하면 더 재미있지 않을까?" 하는 깜찍한 아이디어를 내놓는다. 여자가 놀라서 물었다. "도대체 그런 방법이 있소" 남자는 "나만 믿으라"며 내일 낮에 남편과 툇마루에 꼭 붙어 앉아 있으라 했다.

다음 날 남편과 여자가 툇마루에 앉아 있는데 남자가 오쟁이를 지고 가다 이렇게 말했다. "어허, 대낮부터 정을 나누고 있소?" 남편이 역정을 내며 "무슨 소리냐?"고 하자 남자는 가까이 와서 "어이쿠 그게 아니었네. 이 오쟁이를 쓰고 보면 그리 보인다오"라고 했다. 그러면서 남자는 여자의 남편에게 오쟁이를 씌워 주고 보라 했다. 그 틈에 두 남녀는 정을 통했다는 이야기. –이게 가능해?

드라마 〈부부의 세계〉에도 훔쳐보기는 등장한다. 이 관음의 역사는 오래됐다. 헤로도토스의 『역사』 첫머리에도 등장한다. 기원전 7세기 리디아(현재의 터키) 지역 사르디스 왕 칸다울레스는 자기 왕비 니시아가 너무 섹시하다고 생각했다. 특히 그녀가 알몸일 때. 그럼 그냥 부부끼리 즐기고 말면 그만인 것을 칸다울레스는 자기의 경호원이자 가장 가까이 지내는 사이인 기게스에게 무리한 부탁을 한다.

"기게스, 내 아내가 얼마나 아름다운지 알아?"

"알죠."

"진짜 알아? 모를 거야."

"압니다. 왕비님이 아름답다는 건 세상이 다 아는걸요."

"아냐. 니시아가 예쁘긴 한데…, 벗으면 더 예뻐."

"…"

"자네 한 번 보겠나?"

충신이었던 기게스는 극구 거부한다. 그럼에도 칸다울레스는 기게스에게 희대의 관음을 지시한다.

"자네가 내 침실의 열린 문 뒤에 숨어 있으면 니시아가 들어와 그 앞의 의자에 옷을 하나하나 벗어 놓을 것이네. 그때 앞모습을 보게. 옷을 다 벗으면 돌아서서 침대로 올 것이야. 그럼

뒷모습을 보게. 아내가 나와 사랑을 나누느라 정신없는 사이, 자네는 침실을 몰래 빠져나가면 되는 거야."

기게스는 왕의 명령을 거부할 수 없어 그대로 했다. 그런데 칸다울레스 왕이 놓친 게 하나 있다. 왕비 니시아는 생각만큼 남편을 좋아하지 않았고 그의 기대만큼 부부관계에 몰입하지도 않았다. 그녀는 절정의 순간에도 기게스가 부부의 침실을 빠져나가는 걸 눈치챘다. 이때 니시아는 모멸을 느꼈다. 헤로도토스는 '리디아인은 남자도 벗은 몸을 보이는 것을 부끄럽게 여겼다. 하물며 여자가 남편 이외의 남자에게 벗은 몸을 보이는 것은 상상할 수 없었다'라고 적었다. 이게 중요하다. 성적인 추행은 부부 사이에서도 일어나며 남편이든 아내든 원하지 않는 행위는 상대에게 해서도 안 되고 하도록 강요해서도 안 된다.

니시아는 무서운 복수를 다짐한다. 다음 날, 왕비는 기게스를 불러 양자택일을 요구한다. "내 벗은 몸을 봐서 날 욕보였으니 이 자리에서 죽든가, 오늘 밤 왕을 죽이고 그 자리를 차지하든가." 기게스는 왕의 보디 '가드'였으나 가드guard 대신 어택attack을 선택, 칸다울레스를 죽이고 왕위를 차지했을 뿐 아니라 니시아까지 부인으로 삼았다. 이쯤 되면 기게스의 선택인지, 니시아의 선택인지 헷갈리는데 나로서는 이 모든 게 왕비님의 계획이었다는 느낌이다.

다시 부부의 세계로 돌아가자. 드라마 〈부부의 세계〉뿐 아니라 현실의 부부세계에서 외도는 비일비재하다. 드러나든 드러나지 않든 마찬가지다. 백년해로하는 부부는 서로에게 진실하다. 진실하게 속인다. 50~60년 살면서 단 한 번도 한눈팔지 않기는 쉬운 일이 아니다.

나는 이에 대해 왈가왈부하기보다 소설가 장정일이 2018년 6월 27일 자 한국일보에 쓴 칼럼의 한 대목으로 대신하고 싶다. 당시 한 여배우가 유력 정치인 신체의 은밀한 부위에 대해 언급하면서 "나는 그 사람이랑 잤다"고 줄기차게 주장했다.

"이 스캔들은 그녀가 과거의 연인이었다고 지목한 남자에게 '자신과 사귄 적이 있다'고 공개적으로 실토하라는 요구에서 비롯되었다. 저런 압박에 불응하거나 거짓말을 하는 것은 헤어진 연인 모두에게 보장된 '천부 인권'이다."

부부 사이라 해도 알려고 하지 마라. 다친다. 일정을 장악하려 하지 마라. 다친다. 언제 어디서 누구와 함께했는지 대충 들었으면 잊어라. 증거 찾지 말고 증명하지 말라. 흥신소, 탐정,

미행, 알바 써서 뒤캐기…, 이런 거 하지 마라. 다친다. 그것도 크게 다친다. 〈부부의 세계〉 마지막 회에서 지선우는 이렇게 말한다.

"부부간의 일이란 결국 일방적인 가해자도 완전무결한 피해자도 성립할 수 없는 게 아닐까…. 우리가 저지른 실수를 아프게 곱씹으면서 그 아픔에 사로잡히지 않으면서 매일을 견디다 보면, 어쩌면 구원처럼 찾아와 줄지도 모른다."

무엇이 찾아온다는 걸까. 마음의 평화겠지. 부부 사이에 진실을 털어놓는 것보다 더 중요한 건 남편 혹은 아내 개인의 심적 평온이다. 영국 작가 서머싯 몸은 "좋은 아내는 남편이 비밀로 하고 싶은 것은 모른 척한다."고 말했다. -서머싯 몸이란 인간이 워낙 비밀이 많았다. 동성애에 양성애에 외도까지. 에휴… 하여간 배우자 휴대전화 비번 같은 거 풀려 하지 마라. 벌써 비번 풀었다고? 감당하실 수 있겠습니까?

형제여 대화 좀 합시다

"하루에 아내와 나누는 대화가 두 마디 정도입니다. 저 경상
도 사람 아닙니다. 성격도 무뚝뚝하지 않아요. 결혼 10년쯤 되
니까 아내가 형제 같아요."

어제 만난 후배 B의 고백이다. 묻지도 않았는데 술자리에서
부부 사이에 대해 이야기한다. 괴롭단다. 말도 더 많이 하고 정
답게 지내고 싶은데…, 아내가 더 이상 이성으로 느껴지지 않
는단다. -결혼 10년에 그렇게 느꼈으면 오래 간 거다. 보통 결혼 5년을 기
점으로 부부는 위대한 형제애의 세계로 진입한다.

내가 제일 경멸해 마지않는 말이 "식구끼리 그러는 거 아니

야"다. 여기서 '그러는 거'에는 터치, 포옹, 키스, 섹스 등이 포함된다. 따지고 보면 식구끼리 그러는 거다. 섹스라는 번식 행위 아니더라도 식구끼리 물고 빨고 하는 거다. 내 새끼 예뻐서 만지고, 내 동생 귀여워서 포옹하고, 내 오빠 멋져서 뽀뽀 -이마에~ 하고 그러는 거다.

근친 사이 허락된 스킨십은 거기까지다. 그 이상 발전하면 안 된다. 후배 B는 현재 식구 사이에도 허락된 접촉이 아내하고는 없는 상태다. "부부 사이는 좋은가?"란 사적 질문에 "각방을 쓴다"라고 대답한 걸 보면. 도대체 뭐가 문제일까?

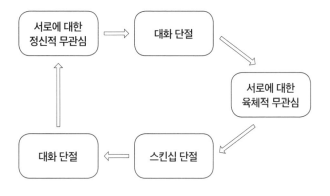

일단 대화가 없다는 게 심각하다. 언어의 교류는 중요하다. 이 악순환이 계속되면 회복이 어려워진다. 일단 대화를 시도해 보는 게 좋다. 하지만 대부분의 형제가 그렇듯, 필요한 말만 하고 만다.

"형제여! 안녕하시오?"
"안녕하오. 그대도 안녕하시오?"
"안녕하오."

끝이다. 더 할 말이 없다. 안녕하다는데 무슨 말이 더 필요한가?

어렵지만 이 관계를 예전으로 돌리기 위해선 단순한 대화 시도보다는 스킨십을 먼저 회복하는 것이 한 방법일 수 있다. 그렇다고 대놓고 딥키스를 하거나 "침대로 오시오!" 하지는 말고 이런 식으로 해 보자.

장면 1 ────
늦은 밤, 아내가 "오늘따라 왜 이렇게 결리지?" 하며 어깨를 주무른다. 이때 슬쩍 다가가서 마사지를 해 준다. 후배 B의 경우 부인이 눈을 치뜨고 "왜 이래?" 할 수도 있다. 실패. -B야, 넌 또 뭘 잘못했니?

장면 2 ────

늦은 밤 아내가 제 어깨를 주무른다. 먼저 이렇게 말해 보라.
"내가 어제 유튜브에서 어깨 마사지 법을 봤거든. 그게 꽤 효과
가 있다는 거예요. 좀 주물러 드릴까요?"-반말로 시작해서 존댓말
로 끝낼 것 이 정도 부드럽게 권유하면 웬만한 뺑덕어멈 아니면
못 이기는 척 허락한다. 후배 B 부인이라면 아무 말 없을 수도
있다. 그래도 괜찮다. 마사지를 시도하라. 가만히 있으면 반은
성공한 거다. 하지만 또 이렇게 반응할 수도 있다. "아이, 징그
러. 놔 둬."-이렇게 말하면 속뜻은 "꺼져"임 다시 실패.

장면 3 ────

위 〈장면 2〉 상황에서 '주물러 주겠다'는 말을 먼저 하지 말라.
슬쩍 일어나서 장롱에 놔둔 거를 들고 온다. 되도록 작고 고급
진 쇼핑백 안에 넣어 오라. 이쯤 되면 제 아무리 무심한 성격이
라도 궁금해 하기 마련이다. -여자라서가 아니라 누구나 작고 고급진
쇼핑백 안 내용물에는 관심을 갖는다. 절대 급하게 말을 꺼내지 말고
곁눈질이 느껴지면 이렇게 넌지시 말하라. -반드시 아내가 곁눈
질 할 때!"저기… 혹시 아유르베다라고 들어 봤어?" 그게 뭔데?
"인도의 건강법이라는데…, 그중에 향기요법 즉 아로마테라피
가 있어요." 그래서? "이게 레몬그라스 오일이에요. 이걸 바르

면 근육통에 좋다네.”… “좀 발라 드려?”

이때는 침묵을 예스로 받아들여도 좋다. 레몬그라스 오일을 손에 떨구어 아내의 목과 어깨에 발라라. 바르면서 동시에 부드럽게 마사지하라. 이쯤 되면 후배에게 열 받고 화나고 짜증 나 있던 부인도 조금은 마음이 누그러지리라. 그다음은… 알아서 하시라.

사랑이 먼저고 스킨십은 나중이다. 하지만 수년을 함께 보낸 부부 사이라면 스킨십이 먼저고 사랑이 나중이어도 된다. 한 번의 터치가 묵은 냉담을 녹이고 한 번의 키스가 눌은 무심을 적시며 한 번의 섹스는 곪은 상처를 아물게 한다. 다만 금실이 좋지 않은 상태라면 술 먹고 들어와서 덮치기보다는 -오, 노! 이런 건 상태를 악화시킬 뿐이다. 계속 강조하는데 이건 강간이야. 촛불과 와인과 아유르베다 마사지 스킬을 준비하는 게 낫다. 잘되면 부부 사이의 앙금이 풀리고 안 돼도 본전이다. 최소한 와인을 마시면서 소염진통은 할 수 있다. -뭐 각자 바르시든가!

우리 아파트는 방음이 잘 되지 않는다. 옆집 부부는 일주일에 한 번씩 서로 찬란한 육두문자를 섞어가며 싸운다. 집기도 종종 집어 던지는 것 같다. 밤낮이 따로 없다. 그런데 잠시 후

조용하고 몇 시간 뒤면 팔짱을 끼고 시시덕거리며 다닌다. 도대체 무슨 일이 있었을까? 아무도 모른다. 다만 그들이 지날 때 레몬그라스 오일 냄새가 진동할 뿐이다.

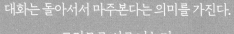

대화는 돌아서서 마주본다는 의미를 가진다.

그러므로 서로 나누며

공통분모를 찾아가는 노력이어야 한다.

누가 누굴 선택하는가

배출된 정자의 80%는 여성의 질 내에 남아 있는 다른 남자의 정자를 죽이는 역할을 한다!

로빈 베이커가 『정자 전쟁』에서 한 말이다. 또한 나머지 20%의 정자도 난자를 향해 달려가면서 끊임없이 자신과 성분이 다른 정자를 찾아내 앞길을 막느라 혈안이 되어 있단다. 게다가 남자의 성기가 농기구 가래처럼 생긴 이유는 피스톤 운동을 하면서 여성의 질 벽에 남아 있는 타인의 정액을 긁어내 오기 위해서란다. 왜? 내 씨를 퍼뜨리기 위해 잔존해 있는 다른 놈들의 씨앗을 외부로 배출해야 하기 때문이다. -섹스할 때는 굳이 이 이론을 상상하진 말 것 인간 남자의 성기만 그렇지 개나 소, 말의 성기는 그렇지 않다는 것이다. 그렇다면 인간 남성은 독점적 소유를 유전자에 새기고 태어나는 질투의 동물이다. 그동안의 과학 이론은 적극적인 정자가 조신한 난자를 향해 달려간다고 봤다. 그런데 임소연 숙명여대 교수가 '난자가 정자를 선택한다'는 이론을 소개했다.

> 2020년 6월 초 스웨덴 스톡홀름 대학교 연구진이 <영국 왕립 학회지>에 발표한 논문에 따르면, 난자는 정자들이 경쟁하여 획득하는 목표물이 아니다. 난자는 화학신호를 보내 스스로 선택한 정자를 끌어들인다. 정자는 난자의 여포액에 포함된 화학물질에 반응해 이동하는 수동적 존재인 반면, 난자는 마지막 순간까지 수정에 적합한 정자를 골라내는 능동적 존재이다.
>
> (한겨레 신문 2020.7.31.)

지금도 많은 이들에게 익숙할 '경쟁적인 정자 대 기다리는 난자'는 과학자의 실험실에서 1970년대에 이미 퇴출되었다고 임 교수는 전한다. 남자가 여자를 선택할까? 천만에. 여자가 남자를 선택한다. 그러므로 기혼남들은 이렇게 생각하면 된다. '지금의 아내께서 고맙게도 미천한 나를 간택해 주셨다'라고. 아니라고? 내가 아내를 선택했고 아내도 동의했다고?

여성은 당신이 그렇게 물어볼 상황까지 고려해서 선택한다.

그것도 다 그분의 계획 안에 있었다.

　동물의 짝짓기 과정을 보면 누가 선택하고 선택받는지는 자명하다. EBS 다큐멘터리 〈수컷들〉에는 흥미로운 장면이 나온다. 뉴기니 아르팍산에 사는 빅토리아극락조는 수컷끼리 싸우지 않는다. 오직 '춤 실력'으로 경쟁한다. 스무 마리가량의 수컷이 숲의 일정한 장소(나뭇가지 위)에 적당한 거리를 두고 모인다. 양 날개를 원형으로 모으고 꼬리 깃을 치며 춤을 추면 암컷이 다가와 한 마리씩 살핀다. 영양 상태, 깃털의 광택, 상처 그리고 기생충 유무까지. 병무청 신체검사를 방불케 하는 관찰 끝에 암컷은 수컷을 선택할지 말지 결정을 내린다. 하지만 수컷 대부분은 짝짓기도 못 하고 춤만 추다 세월을 보낸다.

　어떤 수컷은 다른 수컷의 백댄서 노릇만 하다 늙어 간다. 큰극락조 중 1번 성실남은 일찍 일어나 위쪽 가지에 무대를 마련하고 노래를 하며 자리를 잡는다. 그래도 암컷은 시큰둥하다. 선택당하는 쪽은 늘 지각쟁이 수컷이다. 늦게 나타나 솜씨를 뽐낸 2번 극락조에게 암컷들은 오히려 다가가 적극적으로 애무한다. 2번 극락조는 실컷 사랑을 나누다 획 사라진다. 위쪽의 부지런한 1번은 이 광경을 5년 동안이나 지켜봤다.

　어떤 종은 2인 1조, 아니 2새 1조로 춤을 추는데 선택되었을 때 짝짓기 하는 수컷과 양보하는 수컷이 정해져 있다. 양보하는 수컷은 춤 실력이 모자라는 쪽이다. 춤 실력이 나아지면 다른 곳으로 날아가 조수를 찾지만 그렇지 못하면 짝짓기는 영영 하지 못한다.

뉴기니의 빅토리아극락조부터 코스타리카의 빨간모자무희새까지 수컷 대부분은 짝짓기 기간 내내 춤을 추며 기력을 소진한다. 어깨걸이극락조는 이끼 낀 가지 위에서 열흘 동안 춤만 추는데 어찌나 열띤 공연을 펼치는지 무대가 되는 가지 위의 이끼가 다 패일 정도다. 수컷은 머리 깃을 검은색에서 파란색으로 바꾸기도 한다. 흰턱수염무희새는 턱 아래의 흰 수염을 곧추세우고 이 가지에서 저 가지로 빠르게 오가며 솜씨를 뽐낸다.

수컷의 머리와 가슴 부분은 형광 빛 에메랄드 색, 숲에서 눈에 잘 띄는 빨간 색, 순수한 흰색 등 멋진 털로 장식되어 있다. 공연복이 후줄근해서야 쓰겠나. 최고의 패션으로 몸을 감싼다. 이에 비해 암컷은 대부분 갈색 혹은 회색의 단일한 형태다. 왜? 암컷은 그냥 암컷이면 된다. 멋 낼 이유가 없다. 민낯에 티셔츠, 청바지만 입어도 줄을 서는데 화장은 왜 하며 드레스는 왜 입겠나? 귀찮게. -다음 생에는 암컷 새로 태어나련다.

수컷들이 공연을 펼치면 암컷이 다가와 춤 실력을 본다. 이

때, 너무 몰아붙여도 실패하고 너무 조심해도 탈락이다. 그러나 새들의 선택과정을 보면 짝짓기 행위는 불공정하고 불공평한 게임이다. 빅토리아극락조 수컷 스무 마리 중 짝짓기에 성공, 아니 암컷의 간택을 받는 것은 두 마리뿐이다. 가장 건강하고 멋진 10%만 암컷의 사랑을 받는다. 숲의 암컷은 모두 이 두 마리하고만 짝짓기를 한다. 상위 두 마리가 암컷 열 마리씩을 차지하고 나머지 열여덟 마리의 수컷은 독거노인 신세로 늙어간다. 나머지 수컷들이 별의별 노력을 해도 암컷들은 결국 10%를 택하는데, 문제는 이 10%의 춤꾼이 그다음 해에도 또 선택된다는 것. 조류의 세계는 인간 사회보다 훨씬 더 냉혹하다.

잉글랜드 축구 스타 게리 리네커는 이렇게 말했다. "축구는 22명이 90분 동안 공을 따라 다니다 결국엔 항상 독일이 이기는 경기다." 잉글랜드가 독일에 중요한 경기마다 패배하자 자조적으로 뱉은 말이었다. 이 말을 새들의 세계에 적용하면 "짝짓기란 열흘 동안 스무 마리가 춤을 추다 결국엔 항상 두 놈만 좋은 경기"다. 인간사회였으면 마이클 잭슨하고 팝핀 현준만 선택되고 나머지는 독수공방인 셈이다. 인간으로 태어난 걸 다행이라 여겨야 하나, 아니면 춤 못 추는 나를 선택해 준 배우자에게 절이라도 해야 하나. 찰스 다윈은 『종의 기원』에서 "수컷에게는 다른 수컷을 이기는 능력보다 암컷을 유혹하는 능력이

그 시절,

심박수 120 넘게 이끌던 열정의 몸짓으로 서로를 선택했다.

더 중요할 수도 있다"라고 했다. 지금부터라도 춤을 배우자. 이미 결혼했다고? 저기요, 이번 결혼이 생의 마지막까지 간다고 확신하십니까?

사랑의 묘약

 이원복의 『와인의 세계 세계의 와인』을 보면 키스의 기원에 대한 흥미로운 이야기가 있다. 고대 로마에서는 남편이 외출한 사이 아내가 포도주를 마시지 않았는지 확인하는 절차였다고 한다. -쪼잔한 인간! 그걸 보면서 키스의 기원은 혹시 아내의 입술에 남아 있는 타자의 타액 흔적을 확인하기 위한 절차 아니었을까, 하는 상상을 해 봤다. 사실 키스에 무슨 기원이 따로 있겠나. 침팬지도 입을 맞추는 것을 보면 서로 좋아할 때 보이는 본능적 행위 아닐까 싶다.

 진화생물학자들은 별걸 다 연구한다. 예를 들어 '침팬지 암컷은 유방이 아래로 처져 있는데 인간 암컷은 왜 솟아 있을까?'에 대해 -개별적 차이는 있지만 의문을 갖고 풀려고 애쓴다. 그게 인간이 정상위를 하면서 시작된 거란다. 동물의 교미는 대체로 후배위다. 인간도 후배위를 하다 어느 날 정상위를 하게 됐는데 서로 얼굴을 보며 할 수 있어서 더욱 친근감을 느낄 수 있었다. 문제는, 인류의 여성 조상들이 몸의 앞쪽에도 엉덩이의 굴곡을 갖고 싶어 했다는 것이다. 그래서 유방이 점점 도드라지고 튀어나오게 되었다는 이론이다. -이게 돼?

장 자크 아노 감독의 영화 〈불을 찾아서〉에는 8만 년 전 원시시대의 모습이 그려진다. 남녀가 처음 사랑을 느낄 때, 남자가 여자의 엉덩이에 코를 대고 킁킁거린다. 그리고 도기^{doggy} 스타일로 짝짓기를 한다. 우리는 보통 "내가 왜 그를 좋아하는지 모르겠어요"라고 말하는데 그런 말 하는 사람의 90%는 후각 때문에 사랑에 빠진 거라고 보면 된다. 나도 모르게 그에게서 내가 좋아하는 혹은 좋아했던 냄새가 났던 거고 그 체취에 몸이 반응했던 거다.

1995년 스위스 동물학자 클라우스 베데킨트는 44명의 남성에게 이틀 동안 셔츠를 갈아입지 못하게 하고, 씻지도 못하게 했다. 화장품이나 데오도란트도 쓰지 못하게 했다. 이후 이 땀내 나는 셔츠를 49명의 여성에게 7장씩 주면서 기분 좋은 냄새가 나는 셔츠를 고르게 했다. 그 결과 여성들은 면역력을 조절하는 항원 복합체^{MCH} 유전자가 자신과 다르면 다를수록 더 좋다고 반응했다. 한마디로 우리는 우리와 다른 유전자를 가진 이를 더 좋아하게 되는데 이 결정을 시각이 아닌 후각을 통해 내린다는 거다. 그러니까 연인이 신던 양말에 코를 박고 냄새를 맡았을 때 좋으면 천생연분인 거고 구역질나면 헤어지는 게 상책이다. -부부 사이에는 실험 금지! '땀내 나는 셔츠' 실험에서 알 수 있듯 사람은 자신이 가진 결점을 보충해 줄 유전자를 가진 상대를 찾게 된다. 그래야 면역력 강한 2세를 얻을 수 있다.

아하, 이제야 알겠다. 내가 왜 나보다 똑똑한 배우자를 얻었는지. 왜 나보다 더 침착하고 나보다 더 머리숱이 많고 나보다 더 건강한 상대를 택했는지. -또 팔불출 시리즈 시작 허리가 약해 몇 번이나 병원 신세를 진 나에 비해 그녀는 지금까지 허리 통증 한번 겪어 본 적이 없다. 물만 먹어도 살이 찌는 나에 비해 그녀는 아무리 먹어도 살이 찌지 않는다. 내가 왜 그녀를 좋아했는지 답이 나온다. -적당히 좀 하시지?

옐토 드렌스가 쓴 『버자이너 문화사』에는 "세상에서 제일 좋은 냄새는 내 XX 냄새"라는 도발적인 선언이 있다. -XX에는 각자 좋아하는 단어를 넣으세요. 뒤 음절은 '지'… 그러니까 엄지 검지 중지…

오랄은 본능이다. 상대의 엄지, 검지 등등에 대해 냄새 맡고 맛보는 건 자연스러운 행위다. 하나도 불결하지 않다. 남녀를 불문하고 인간이 가진 가장 매력적인 향취는 사타구니 근처에 몰려 있다. 어떤 이는 그곳의 냄새가 역겹다고 하는데 오해다. 맡다보면 익숙해지고 친근해지고 중독이 된다. -뭐라니?

다만 개인의 취향이 다르므로 파트너의 호불호를 반드시 고려해야 한다. 싫다고 하면 할 수 없다. 이럴 땐 고수의 법칙을 적용해 보자. 먹는 고수 말이다. 처음 고수를 먹으면 비누냄새가 나고 구토할 것 같다. 나도 그랬다. 그러나 고수는 단 한 번의 트라이로 "이건 나랑 맞지 않아"라고 단정하기에 너무 아까운 허브다. 두 번 시도하고 세 번까지 시험해 보라. 세 번의 트라이에도 안 맞으면 진짜 안 맞는 것이므로 포기. 하지만 그전까지 우리가 선입견을 갖고 바라보는 '악취'에 대해 그렇지 않을 수도 있다는 가능성은 열어 두어야 하지 않을까.

원시시대에 인류는 모두 냄새에 반해서 섹스했다. 아니라고? 좀 거시적으로 생각해 보자. 내가 조물주야. 남자랑 여자랑 만들었어. 둘이 사랑해야 애도 생기고 생육하고 번성해. 근데 성기 근처에 악취가 나게 만들면, 하고 싶겠어? 거기에 세상에서 가장 근사한 향을 품게 창조한 거라고. 이걸 모르면 바보. 이걸 알면 변태. -취급당함.

침 냄새도 토할 것 같지만, 사랑의 시작은 타액의 교환이다. 애인의 침은 더럽지 않다. 내 침이 네 침 되고 그 반대도 되는 것은 점유 내지는 소유의 확인이다. 우리가 흔히 "침 발라 놨다"라고 말하는데 침 발라서 소유권을 주장하는 이야기는 마르크스의 『자본론』에도 나온다. 따라서 지금까지 우리는 침을 제일 많이 바른 사람하고 함께 살고 있는 거다.

몇 년 전, 아부다비에서 향수 가게에 들어갔더니 강력한 머스크 향을 권했다. 자와드 퍼퓸 오일이란 이름의 향수병을 건네며 점원이 물었다.

"혹시 간호사나 선생님 아니시지요?"

"네. 저는 작가입니다."

"아. 그렇군요. 만약 식당이나 병원, 또는 학교에서 일하신다면 근무 중에는 이 향수를 뿌리지 않으실 것을 권합니다."

"그럼 언제 뿌리면 좋은가요?"

"…"

점원은 내게 윙크 했다. 아? 아~.

머스크란 사향노루의 생식기에서 채취한 향이다. 번식기가 되면 수컷은 페로몬 가득한 이 향을 풍겨 암컷을 유혹한다. 중동 상인이 권했던 자와드 퍼퓸 오일은 내게 좀 강했다. 머스크

베이스에 제라늄 향이 미들 노트, 장미가 톱 노트. 이건 그야말로 야릇한 향 집합이다. 하지만 내게는 맞지 않았다. 골치가 아픈 정도는 아니지만 너무 강하다 할까?

그러다 바디숍의 화이트머스크를 써 봤다. 과하지도 약하지도 않게 지속되는 아로마가 일품이다. 이 향은 내가 개인적으로 너무 좋아해서 바디로션을 사서 얼굴에 바르곤 했다. 내가 이렇게 하면 그녀는 질색을 하지만 나는 늘 말한다. "얼굴도 바디야."

키엘의 오리지날 머스크 블랜드도 괜찮다. 처음부터 일랑일랑의 향이 확 드러나면서 잔향이 오래 지속된다. 키엘 제품의 바디로션은 막 발랐을 때는 '이게 뭐지?' 하는 약간 역겨운 냄새가 나는데 시간이 지날수록 더 역겹다. 그 역겨움 속에 중독성이 있기에 자꾸 코를 갖다 대게 된다. -전적으로 나만의 느낌일 수도 있다.

산타마리아 노벨라의 아쿠아디 콜로니아 무스키오는 머스크 향이 있는 건가, 할 정도로 약하게 섞여 있다. 하지만 굉장히 깔끔하고 신선한 느낌이 여느 향수와 다르게 친근하다. 역한 냄새를 싫어하는 한국인에게 잘 맞는 내음이다. 400년 역사의 수도사들이 만들기 시작했다는데 도대체 수도사들이 왜 머스크 향을 몸에 뿌렸는지는 알 수 없다.

트루사르디의 르 비드 밀라노 머스크 누아도 인상적이다. 대체로 다른 향수엔 플로랄 계열의 향이 섞여 있는데 이 향수는 오로지 머스크 하나로 승부한다. 그럼에도 과하지 않고 막 씻고 나온 살냄새처럼 은은한 향이 꽤 오래 지속된다.

한 가지 경악스러운 사실은, 머스크를 선택하더라도 진짜 머스크는 그 안에 없다는 사실이다. 예전에는 사향노루를 잡아서 생식기를 잘라(!) 말리고 거기에 알코올과 다른 오일을 넣어 잡내를 ─무슨 냄새겠어? 지린내지 없애는 과정을 거쳐 향수를 만들었다. 지금은 사향노루를 잡을 수도 없거니와 잡아서도 안 되기에 그냥 인공 머스크 또는 머스크와 비슷한 냄새가 나는 식물성 오일을 베이스로 향수를 만든다. 샴푸나 린스 제품으로는 바론 모링가 헤어 트리트먼트를 강추한다. 이 향은 머스크와 어울리며 깊은 숲의 내음이 배어 있다. 토너로는 머스크 계열은 아니지만 닥터 세이어스의 로즈페탈이 권장할 만하다. 로즈페탈 향은… 에로틱하고 오묘하다. 써 보면 안다.

낮엔 열심히 일하고 밤엔 미친 듯 사랑하는 것. 이거야말로 이상적인 부부의 모습이다. 물론 낮에도 미친 듯이 사랑하고 밤에도 미친 듯이 사랑할 수 있다. 몰디브로 신혼여행 가면. 작은 섬 하나가 리조트 하나인 거기선 달리 갈 데도 없다. 몰디브가 아니면 어떤가. 침실을 몰디브로 만들면 그만이지. 실오라기 하나 걸치지 않고 둘만 남게 되면 사람인 건 잊자. 동물처럼 엉기고 식물처럼 엉키자. 이때 은은한 아로마 한 방울은 점착력을 높여주는 수단이 된다.

며칠 전 식당 앞에서 본 모습이다. 중년 부부가 식당에 들어가기 전에 남편이 피우던 담배꽁초를 아내에게 건넸다. 아내는 손을 빼며 "이걸 왜 날 줘?" 한다. 평소의 모습이 연상된다. 뭐든 쓰레기가 될 만한 건 죄다 아내에게 넘겼던 남자의 모습이. 유치원에서 우리는 배운다. "자기가 먹고 남긴 건 자기가 버리는 거예요." 그 중년 남자는 유치원을 다니지 못한 게 틀림없다. 자기가 피우던 담배꽁초는 자기가 처리하는 거다. 만약 언제부턴가 아내가 내 터치를 꺼리고 내 입술을 거부한다면, 내 숨에서 참을 수 없는 악취가 날지도 모른다는 사실을 깨달아야 한다.

언젠가 수영선수 최윤희 씨가 방송에 나와서 남편인 로커 유현상 씨에 대해 불만을 토로한 적이 있다.

"자기가 아끼는 기타를 만지기 전에는 몇 번씩 손을 씻는데 나를 만질 때는 손을 안 씻는다."

아내 알기를 기타보다 우습게 여겨서야 쓰겠나. 남편이 담배를 끊었으나 아내는 여전히 금연을 못할 수도 있다. 남녀 불문하고 흡연자는 명심하라. 부부관계 전에는 목욕재계하고 양치하고 가글하고 온몸에 머스크 향을 뿌려라. 그 밤, 유전자의 신께서 환락의 밤을 선사하리니. D데이 하루쯤은 담배를 멀리하는 것도 방법이다. 그만큼 배우자를 아끼고 그와 나누는 사랑을 소중하게 여긴다는 신호가 된다. 그 작은 신호에 우리는 감동한다. 부부가 맞담배 피운다고요? 섹스 후에 함께 피는 담배 맛을 네가 아느냐고요? 아, 네.

내 사랑, 아포크린샘

중국 시안의 화청지는 그냥 그런 곳이 아니다. 바로 양귀비와 당 현종이 질탕하게 놀던 온천이다. 2017년 가을에 나는 그곳을 여행했다. 고대 중국의 주나라 시절부터 황제들의 유흥지였다니, 킴킴한 나의 속내에서는 빨간 등이 켜지면서 들큼한 냄새가 나는 듯했다.

현종685~762은 737년 황후 무씨가 죽자 우울증에 걸렸다. 궁에 미인이 많았으나 현종의 맘에 드는 여자가 없었다. 이때 눈에 들어온 여성이 아들 수왕의 아내 양씨였다. 35세 연하이자 며느리인 양씨를 귀비로 삼으려는 현종. 제정신인가?

원하는 대로 뭐든 할 수 있는 황제라지만 며느리를 취하는 건 비난의 소지가 있었다. 세상의 눈치와 견제와 충신들의 지겨운 간언이 이어질 게 뻔했다. 그래서 현종은 먼저 며느리를 도교의 수행자로 만들어 유배시킨다. 비난이 잠잠해질 즈음, 그는 더 이상 며느리가 아닌 그녀를 취한다. 현종은 도대체 왜 양귀비를 좋아했을까? 양귀비는 풍만한 미인의 대명사로 알려져 있다. 그녀의 외모에 대해 '풍염豐艶, 살이 찌고 예쁘다하다'는 기록도 있고 현종의 다른 후궁이 그녀를 '비비肥婢, 살찐 종년'라고 불렀다는 설도 있다. 현종은 청년시절부터 머리가 뛰어나 명군 소리를 들었고 수십 명의 후궁에게서 아들, 딸 수십 명을 얻은 정력가이기도 하다. 그럼에도 그는 늘 양귀비를 0순위에 두었다. 당나라 시인 백거이는 「장한가長恨歌」에서 이렇게 표현했다.

　　　後宮佳麗三千人(후궁가려삼천인)
　　　후궁에 빼어난 미녀 삼천이 있지만
　　　三千寵愛在一身(삼천총애재일신)
　　　삼천의 총애가 한 사람에 머무르니…

그러니까 왜?
　화청지에 갔을 때 가이드는 현종이 목욕하던 연화탕, 현종과 양귀비가 함께 목욕하던 해당탕을 차례로 안내했다. 우리가 한 누각에 이르렀을 때 가이드는 이렇게 말했다.

"이곳은 양귀비가 목욕을 하고 나서 머리를 말리던 곳입니다. 그런데 양귀비는 암내가 심해서 여기서 머리를 말리면 십 리 밖에서도 그 냄새가 났다고 해요."

이때 일행 중 한 명이 이렇게 맞장구를 쳤다.

"페로몬!"

양귀비는 겨드랑이의 아포크린샘에서 나오는 분비물이 남들보다 월등히 진했다. 이 강한 향이 현종에게는 최음제였다. 괴로울 정도로 강한 체취 때문에 그녀를 시중드는 환관과 궁녀들은 코를 솜으로 막을 정도였다는데 오직 현종만은 예외였다. 본능적으로 자신에게 부족한 무언가가 양귀비의 유전자 속에 있다는 것을 알았다. 그게 뭔지는 나도 모르고 이융기^{현종의 본명}도 옥환^{양귀비의 아명}이도 모른다. 오직 신만이 아신다.

나는 이 글을 서울의 한 스타벅스에서 쓰고 있다. 큰 테이블의 대각선 끝에는 한국인 청년과 외국인 여성 커플이 앉아 있다. 둘은 연인 사이인지 연신 눈에서 하트를 쏘아 보내며 이야기를 나눈다. 저 두 사람은 왜 좋아하게 됐을까? 나갈 때 보니 남자의 허벅지와 엉덩이는 새의 그것처럼 가늘고 여자의 하체는 튼실하고 풍요로웠다. 세상의 커플은 그렇게 만나게 되어 있다. 그런데 저 두 남녀가 처음 만날 때부터 "난 상체 비만인데 넌 하체 비만이네" "그러게. 우리가 서로의 부족한 DNA를 채워 줄 수 있을 거 같구나. 우리 사귀자" 했을까? 연애의 신 아프로디테가 그렇게 센스가 떨어지진 않는다. 말없이 서로의 짝을 알아볼 수 있게 '향'을 무기로 주었다. 우리는 처음 보는 순간, 실은 처음 냄새 맡는 순간, 사랑에 빠진다. 그리스인들은 이걸 에로스의 화살로 상징했는데 그 화살 속에는 체취와 약간의 페로몬이 담겨 있다.

관광객이 모이는 화청지에선 밤마다 당 현종과 양귀비의 사랑을 소재로 한 화려한 오페라 〈장한가〉를 공연한다. 화청지 뒤쪽의 여산 전체를 배경으로 하는 대단한 볼거리다. 이 극에서 융기와 옥환은 비련의 주인공으로 등장한다. 안록산의 난으로 양귀비는 황제 근위병에게 죽임을 당한다. 양귀비 전용 재단사가 700명이고 하룻밤 파티에 황금 수만 근을 썼다고 하니 '개원의 치開元之治'라며 재위 전반기 명군이었던 현종도 민심을 잃은 터였다. 재정파탄에 반란까지 모두 양귀비 일가의 잘못이라 여겼던 군인들은 결국 "양귀비를 죽이면 현종은 살려 준다"는 조건을 내건다. 불쌍한 융기 씨는 이 제안을 받아들이고 이렇게 명령한다.

"며느리를 내주어라."-야, 이런 나쁜 놈아!

이때가 서기 756년. 양귀비가 38세 때였다. 이후 안록산의
난은 평정되지만 현종은 제위를 숙종에게 물려주고 태상황으
로 물러난다. 화청지의 공연 〈장한가〉는 현종이 쓸쓸히 독수공
방하며 양귀비를 그리워하는 것으로 막을 내린다. 공연이야 아
름다웠지만 알고 보면 모든 걸 다 가진 황제의 배부른 소리다.
그러게 있을 때 잘하고 죽을 때 같이 죽지. 배가 침몰할 때 같
이 죽는 선장은 있어도 배우자가 죽을 때 같이 죽는 이는 없다.
이게 부부의 수수께끼다.

다시 냄새 이야기다. 그동안 후각은 너무 과소평가된 경향이
있다. 특히 사랑에 대한 이론 속에 향이나 아로마의 힘이 덜 강
조된 듯하다. 나폴레옹도 전장에서 돌아갈 때 아내에게 이렇게
편지를 썼다지 않나.

"조세핀, 씻지 말고 기다리시오."

조세핀의 주요 부위에선 프랑스산 카망베르 치즈 냄새가 났
다고 한다. 그녀는 나폴레옹보다 6살 연상이었으며 나폴레옹
을 만나기 전이나 결혼한 후에도 조세핀을 좋아하는 남자가 많
았다. 조세핀 역시 가리지 않고 그들의 구애를 받아들여 나폴

레옹을 열받게 했고 결혼 14년 만인 1810년 결별했다. 나폴레옹은 세인트루이스 섬으로 유배되어 죽기 전에도 "프랑스 군대! 그 선두에는 조세핀을…"이라고 중얼거렸다. 결국 아포크린샘의 승리인가? 강력한 암내는 부끄러워할 대상이 아니다. 제거할 필요도 없다. 있는 그대로의 카망베르를 사랑하라.

우리가 하루에 한두 번 샤워하게 된 게 겨우 몇 십 년 전이다. 인류 역사를 통틀어 2백만 년 동안은 거의 씻지 않고 살았다. 몇 년 전 에콰도르 고산지역에 사는 부족을 방문한 적이 있다. 해발 3,800미터에 사는 이들은 평생 목욕을 하지 않는다. 물이 없어서가 아니다. 며칠 지내다 보니 낮과 밤의 기온차가 심했다. 낮엔 덥고 밤엔 추웠는데 이런 일교차 상황에서 낮에 머리라도 감으면 밤에 감기에 걸리기 십상이다.

궁금해서 물었다. "결혼할 때도 씻지 않냐?" 놀랍게도 결혼식 날에도 목욕을 하지 않는단다. 그냥 세수 정도만 한다. 대단한 사람들이다. 내가 고산부족이고 결혼해서 신방에 들어갔다 치자. 태어나서 30년 동안 한 번도 샤워를 하지 않은 신랑 신부가 옷을 다 벗었을 때 방 안에 퍼지는 체취를 어떻게 감당할까? 우리 같으면 "어휴, 냄새. 가서 씻고 와!" 했겠지만 이들은 이런 대화를 나누지 않을까?

"오, 자기는 치차에콰도르 원주민이 고구마 비슷한 유카를 침으로 발효시켜 만든 술 냄새로군요."

"당신은 라마 젖으로 만든 치즈 냄새가 나네요."

"그럼 우리 라마 치즈에 치차 한 잔 할까요?"

　오래 씻지 않은 냄새를 싫어해야 할까? 어쩌면 그것은 문명화된 현대인의 편견 아닐까? 에콰도르 고산부족 사람들은 노숙자들에게서 흔히 나는 악취가 나지 않았다. 용변만 가려도 인간의 냄새는 역하지 않다. 사자나 호랑이는 평생 샤워하지 않는다. 며칠 샤워하지 않는다고 죽지 않는다. 오히려 현대인은 매일 씻기에 인공 향으로 범벅이 된 샴푸와 화장품 냄새를 몸에 뒤집어쓰고 살아간다. 우리가 가진 고유의 체취는 잊은 채.

　한때 샴푸 안 쓰고 머리 감기가 유행했다. 내 지인 한 사람은 "남편이 더 좋아한다"고 말했다. 왜 아니겠나? 샴푸 냄새보다 일주일 머리 감지 않은 아내의 정수리 냄새가 더 좋다. 그 아내의 남편에게는. ―누구에게나 그런 건 아니라고! 세상에서 제일 향기로운 방향제도 사랑하는 이의 살냄새를 이기지 못한다. 겨드랑이 냄새가 역겹다는 건 데오도란트 제품 회사가 만들어 낸 음모일 뿐이다. 이제 우리만의 아포크린샘을 사랑할 때다.

우리들의 섹스리스

한국성과학연구소가 조사를 했단다. '최근 2개월간 배우자 또는 연인과의 성관계 횟수가 월 1회 이하'라고 답한 사람이 전국의 20~50대 성인 남녀의 37.9%였다고 한다.

2016년 전국의 20~50대 성인 남녀 1,000명을 대상으로 한국성과학연구소 등이 실시한 성에 대한 설문조사에 의하면 '최근 2개월간 배우자 또는 연인과의 성관계 횟수가 월 1회 이하'라고 답한 사람이 37.9%였다.(기혼과 미혼을 모두 포함했는데 미혼 남녀는 이성교제 중인 사람들이다. 한국성과학연구소 sexacademy.org, 2016.7.18.)

같은 연구소에서 2011년 서울시민을 대상으로 한 조사에서는 34.4%가 배우자 외 다른 사람과 성경험이 있다고 응답했다. 남성이 58.3%, 여성은 13.1%였다. 연령별로는 40대가 46.9%로 가장 높았다. 배우자 외 성경험 상대는 이성 친구가 44.4%로 1위였다.

조사대상의 35.1%는 한 달에 한두 번 꼴로 성관계를 가진다고 답했다. 한 달에 1.5회로 치면 1년에 18회인데 전 세계 평균이 연간 103회인 것에 비하면 현저히 낮은 수치다. 월 1회 미만도 25.5%였다. 서울 시민의 60%는 섹스리스에 가깝다고 보면 된다.

이 연구소의 정의에 의하면 한 달에 한 번 또는 그 이하는 섹스리스다. 결국 우리나라 성인남녀 10명 중 4명은 섹스리스이거나 섹스리스에 가깝다. 또한 배우자 외 다른 사람과의 성경험도 꽤 높은 수치이니 역시 드라마 〈부부의 세계〉처럼 가장 가까운 사람이 우릴 배신한다는 가설이 맞는가 보다.

충격적인 사실은 또 있다. 조사 대상의 0.5%는 부부교환 섹스인 스와핑 경험이 있다는 것이다. 즉 200커플 중 하나는 '그것'을 했다는 것이다.

물론, 둘 다 성에 관심 없거나 성생활보다 다른 취미활동에서 더 큰 만족을 얻는다면 섹스리스여도 상관없다. 한쪽이 아프거나 건강하지 못하다면 이 역시 논외다. 하지만 부부 사이에 섹스는 애정을 확인하고 유지하는 가장 기본적이며 확실한 방법이다.

왜 어떤 커플은 20년이 넘어도 긴장을 유지하는데 어떤 커플은 신혼 일주일 만에 서로에 대한 관심이 식을까?

결혼 20년 차 지성 씨의 고백이다.

"우리 부부는 10년쯤 됐을 때 권태기가 찾아 왔다. 그런데 나와 아내가 동시에 서로 다른 이에게 관심을 보이면서 위기가 왔다. 그때 나도 아내도 외도를 했다. 몇 달 동안 심각했으나 서로에게 고백하고 용서를 받았다. 그 이후 우리는 다시 불타올랐다. 지금도 만족스러운 부부생활을 이어가고 있다."

결혼 1년 만에 이혼한 미희 씨는 말한다.

"남편은 신혼여행 다녀온 이후 내게 관심을 갖지 않았다. 그게 내게는 내내 의문이었다. 신혼여행 때 우리는 첫 섹스를 했는데 그게 곧 마지막 섹스였다. '내 어떤 부분이 맘에 들지 않는지' 물어봤어야 했다. 이혼하고 몇 년 지나서 그가 재혼을 했는데 가슴이 큰 여자였다. 그게 이유였다."

미희 씨 부부는 왜 결혼 전에 섹스를 하지 않았을까? 그랬다면 이혼하지 않았을지도 모른다. 아니, 결혼 자체가 성립하지 않았을 거다. 남자라고 모두 가슴 큰 여자를 좋아하는 건 아니다. 섹스 상대의 외모나 체격, 비율 등에 대한 취향은 지구상에 사는 인구수만큼 다양하다. 몇 해 전, 지방의 모 대학 여학생들이 '나의 자궁은 오직 미래의 남편만을 위한 것'이란 현수막을 들고 혼전순결을 강조하는 캠페인을 벌인 적이 있다. 나는 그저 경악했을 뿐이다. 그 슬로건에 동조하는 한 미희 씨 같은 불행은 반복된다.

〈프렌즈 위드 베네핏〉이란 영화가 있다. 남주(저스틴 팀버레이크)와 여주(밀라 쿠니스)는 절친 사이지만 애인은 아니다. 하지만 둘 다 섹스가 아쉬운 청춘. 급기야 둘은 '섹스는 하되 사랑은 않는다'는 규칙을 세우고 사랑 없는 성을 추구한다. 둘은 서로의 가족과도 시간을 보내면서 정신적으로도 급속히 가까워지지만 사소한 오해로 헤어진다. 떨어져 있으면서 다른 상대를 만나기도 하고 혼자만의 시간을 갖기도 하면서 '진정으로 사랑하는 사람을 찾아가리라' 결심한다. 결국 남주 딜런이 여주 제이미를 위해 대단한 이벤트를 마련, 그녀의 오해를 풀면서 영화는 막을 내린다.

이 영화를 보면서 한국의 부부들을 떠올렸다. '사랑은 하되 섹스는 않는다'인가 '섹스는 하되 사랑은 않는다'인가. '사랑하기에 섹스하고 섹스하기에 사랑한다'가 가장 바람직한 공식인 것 같다. 그런데 실제 조사에서는 섹스의 횟수에 사랑이 가장 큰 영향을 미치는 건 아니었다.

한국성과학연구소의 조사에서 '과거에 비해 배우자나 연인과 성관계 빈도수가 낮아졌다면 그 이유는 무엇인가?'라고 물었다. 결과는 다음과 같다.

\<남성\>

1위 업무 스트레스 때문에 – 30.3%

2위 이유를 모르겠다 – 23.4%

3위 육아 문제 – 22.8%

4위 성적 만족도가 떨어져서 – 14.5%

5위 애정이 식어서 – 9.0%

\<여성\>

1위 업무 스트레스 때문에 – 33.8%

2위 육아 문제 – 23.6%

3위 이유를 모르겠다 – 18.1%

4위 애정이 식어서 – 13.6%

5위 성적 만족도가 떨어져서 – 10.8%

정작 '애정이 식어서 성관계 횟수가 줄었다'는 대답은 9~10%이다. '일 때문에' '육아문제로' '이유를 모르겠다'가 대부분을 차지했다. 맞벌이 부부의 과로는 사회적으로 심각한 문제를 가져온다.

업무 스트레스가 쌓인다 ⇒ 피곤하여 육아를 더 힘들게 한다 ⇒ 무기력증에 빠진다 ⇒ 부부관계의 빈도가 준다 ⇒ 시토신이나 엔도르핀 같은 행복 호르몬 수치가 낮아진다 ⇒ 일하기가 싫어진다 ⇒ 업무 스트레스가 쌓인다

따라서 주 52시간이 아니라 주 40시간의 노동이 보장되어야 부부 혹은 파트너 간의 성생활도 정상으로 돌아올 수 있다. 주 32시간으로 세계 최저수준의 노동시간을 유지하는 프랑스를 보자면, 노동시간과 성관계 횟수는 반비례한다.

콘돔회사 듀렉스가 조사한 결과를 보면 프랑스 국민은 1년에 120회의 섹스를 하는데 우리나라 같이 평균 주당 41.5 시간을 일할 경우에는 연평균 섹스 횟수가 54회에 그친 것으로 나온다. 일을 많이 할수록 사랑은 멀어지고 일에서 멀어지면 사랑은 다가오는 셈이다.

회사의 사장님들, 공무원 상사와 공공조직의 기관장님들, 자영업 대표님들에게 부탁한다. 대한민국 부부와 연인들의 사랑을 위해 아랫사람들 일은 적게 시켜 줄 것을. '저출산은 이기적인 젊은이 탓'이라고만 하지 말고.

내가 잠들기 전에

마지막으로 이야기를 나누고 싶은 사람이

당신이었으면 좋겠다.

사랑할 권리는 누구에게나

영화 〈보헤미안 랩소디〉에서 주인공 프레디 머큐리(라미 말렉)는 동거하던 메리 오스틴(루시 보인턴)에게 자신이 게이임을 고백한다. 고백이라기보다는 프레디가 게이임을 짐작하고 있었던 메리가 그 사실을 확인했다고 보는 게 옳겠다.

두 사람은 6년을 함께 살았다. 법적인 부부 사이는 아니었지만 프레디는 어딜 가나 메리를 '내 아내'라고 소개했다. 메리는 그에게 평생의 사랑이었고 진실한 연인이었다. 프레디가 죽을 때 메리 앞으로 400여 억 원의 유산을 남겼고 퀸 저작권의 자기 몫도 넘겨줬다. -이런 애인 하나 있었으면!

다큐멘터리 〈프레디 머큐리 못다한 이야기〉를 보면 메리 오스틴은 이렇게 인터뷰를 한다.

– 프레디가 게이라는 걸 처음 고백했을 때 어땠나요?

– 프레디는… 자신이 게이가 되는 걸 내가 지지할 줄 몰랐나 봐요. 저 역시 2년 동안 짐작만 하느라 괴로웠죠. 프레디의 행동이 이상하다고 느꼈고 정신 나간 듯한 모습이었죠. 하지만 프레디가 고백하고 난 뒤로는 무거운 짐을 덜어 버린 듯한 느낌이었어요. 그날 이후 프레디는 너무 편하고 행복해 보였고 그런 모습을 보는 게 저도 좋았어요….

– 어떻게 그럴 수 있나요?

– 사랑한다면 당연히 지지해야죠. 그것도 프레디의 모습의 일부니까요. 그 누구도 그가 행복할 권리를 빼앗을 순 없어요….

– 당신들의 사랑은 어떤 겁니까?

– 우리 사랑은 그 어떤 것도 받아들이고 이해하는 겁니다. 그가 성장하길 바라니까요. 그 성장을 바라본다는 건 희열을 느낄 징도로 좋은 겁니다.

드라마 〈아는 건 별로 없지만 가족입니다〉에서 은주(추자현)

도 남편이 동성애자임을 알고 깨끗이 관계를 정리한다. 이혼은 쉽지 않은 결정이다. 하지만 부부생활 특히 성생활은 건강한 남편-아내 사이라면 결혼이라는 관계를 유지하는 데 결정적이다. 남편이 혹은 아내가 동성애자라면 정상적인 부부생활은 어렵다. 언젠가 게이 친구에게 '동성을 사랑하는 느낌은 어떤 건지' 물은 적이 있다.

"예를 들어 네가 멋진 남자를 볼 때 어때? '멋있다' 이 정도지? 맘이 막 설레고 그렇지는 않잖아. 근데 예쁜 여자 볼 때는 어떤 느낌이야? 너무 좋고 설레고 만지고 싶고 같이 있고 싶고, 또 섹스하고 싶고 그렇잖아. 우리는 멋진 여자를 보면 그냥 '예쁘다' 생각하는 정도고 멋진 남자를 보면, 네가 멋진 여자한테 느끼는 감정을 느껴."–어쩐지… 언젠가 이태원에서 홍석천 씨를 만났을 때, 김규리 씨하고는 악수를 하고 나를 보자 껴안더니만.

남편이 게이라면 헤어지는 게 맞다. 아내가 레즈비언이라도 마찬가지다.

내 후배 서희 씨는 10년 전 첫 번째 결혼 후, 신혼여행 때부터 부부관계를 갖지 않는 신랑 때문에 곤욕을 치렀다. 석 달 동안 육체적 접촉이 없어 시어머니에게 이야기했더니 시어머니는 '여자하기 나름'이라며 장어니 해구신이니 하는 약재를 구해왔다. 한약 보따리를 보면서 서희는 자기가 마치 아기 낳는 기계가 된 느낌이었다. 말할 수 없는 모멸감이 밀려왔다. 그러나 그 어떤 노력도 소용없이 결혼 6개월 만에 이혼하고야 말았다. 서희의 남편은 게이였다.

그는 왜 굳이 동성애자라는 사실을 숨기고 결혼했을까? 영화 〈브로크백 마운틴〉을 보면 두 게이 남자가 각자 여성과 결혼한 뒤에도 몰래 만나는 장면이 나온다. 1980년대만 해도 미국에서 게이는 죄인 취급을 받았다. 잭(제이크 질런홀)과 에니스(히스 레저)는 자신들의 성적 정체성을 숨기고 결혼해서 아이를 낳고 잘 산다. 아니, 잘 사는 것처럼 보인다. 그러나 서로를 향한 사랑은 속일 수 없어서 깊은 산골에서 몰래 만나 사랑을 나눈다. 당시 게이는 지탄의 대상이어서 밤길에 린치를 당하기도 했디. 그들은 '남들에게 정상인처럼 보이기 위해서' 결혼을 했다. 아내에 대한 감정은 그저 이성애자가 동성 친구를 볼 때 느끼는 것과 같은 정도였다. 진짜 사랑은 아니다. 진짜 사랑은 서로 물고 빨고 하는 상태를 전제로 한다. 원빈이 아무리 아름다워도 내가 그를 육체적으로 사랑할 수는 없다. 만약 그가 내게 사랑을 원한다면 나는 잘 타일러 보내야 한다. 마치 『향연』에서 소크라테스가 아테네의 미남자 알키비아데스에게 그랬던 것처럼.

서로의 성적 지향이 다르다면 헤어져야 한다. 다만 상처 없이 헤어지면 좋겠다. 얼마든지 아름답게 관계를 이어갈 수 있다. 메리 오스틴은 프레디 머큐리와 헤어진 뒤 다른 남자를 만나 아이 둘을 낳았는데 아이를 낳으면 프레디가 대부가 되어주기도 했다(그녀는 끝내 결혼은 하지 않았다). 프레디가 공연이 있을 때마다 메리는 참석했고 프레디가 에이즈에 걸려 투병할 때도 메리는 정성으로 간병했다. 둘은 프레디가 죽는 날까지 플라토닉 러브를 이어갔다. 서로의 성장과 행복을 바라면서.

'남편이 게이라면 헤어지는 게 맞다. 아내가 레즈비언이라도 마찬가지다' 라고 나는 위에서 썼다. 이 문장은 현재 성립하지 않는다. 남편이 게이라도 내가 게이면 된다. 레즈비언도 마찬가지다. 2020년 현재 벨기에, 대만 등 세계 30개 국가에서 동성결혼을 법적으로 인정한다. '부부인가 아닌가?'는 한쪽이 남자이고 다른 한쪽이 여자인가의 문제가 아니다. 사랑하는가, 아닌가의 문제다. 내 제자 A씨는 자신이 레즈비언이며 파트너와 동거하고 있다고 발표한 적이 있다. 페이스북이나 인스타그램에도 두 사람이 알콩달콩 살아가는 모습을 올리곤 한다. 그들은 그 어떤 이성 커플보다 더 서로를 아끼고 사랑한다. A씨는 파트너를 만나기 전까지 몇몇 남성들과 잠자리를 같이 했지만 별 감흥을 느끼지 못했다. 그러다 제대로 된 동성 짝을 만나 열정적인 첫 밤을 지새우고 나서 이렇게 느꼈단다.

"아, 난 얘랑 같이 살아야 해."

2019년 한국 갤럽이 전국의 1,002명을 대상으로 조사한 바에 따르면 '동성커플에게 합법적으로 결혼할 권리를 주는 것'에 찬성하는 비율이 35%, 반대가 56%였다. 여전히 반대가 많지만 2001년 조사 때의 17%:67%에 비하면 찬성 비율이 20% 가까이 상승했다.

우리가 누구와 결혼하는가에 대해 찬성하고 반대할 권리가 있을까? "나는 이성과 결혼했으니 너는 동성과 결혼하라"고 강요할 수 있을까? 동성애는 반대하더라도 동성애자가 결혼할 권리를 갖는 것에는 반대해선 안 된다고 본다. 사실 동성애 자체도 찬성하고 반대할 사안이 아니다. 각자가 가진 성적 지향일 뿐 타인이 왈가왈부할 성질의 문제가 아니다. "난 동성애에 반대한다"는 말은 "난 피부가 검은 것에 반대한다" "난 키가 작은 것에 반대한다" "난 당신이 짜장면을 좋아하는 것에 반대한다"는 말과 같다.

서로 육체적으로 사랑할 수 없으면 헤어지는 게 맞다. 반대로 육체적으로 사랑할 수 있으면 같이 사는 게 맞다. 같이 살 수 있는 권리, 같이 사는 사람을 남편, 아내 혹은 파트너라 부를 수 있는 권리, 결혼한 사람으로서 남들과 같은 지위를 누릴 권리는 누구에게나 있다.

생각 너머

함께 갈 수 없는 사랑

소설 『매디슨 카운티의 다리』는 1992년부터 3년 동안 뉴욕 타임스 베스트셀러 리스트에 오르면서 전 세계적으로 6천만 부나 팔렸다. 1995년에는 클린트 이스트우드와 메릴 스트립이 주연으로 나오며 환상의 콤비를 이루는 영화로 만들어져 역시 흥행에 성공했다.

작가 로버트 월러1939-2017는 북 아이오와대학 경영학 교수시절, 친구와 함께 매디슨 카운티의 통나무 지붕 다리 사진을 찍으러 가서 사진작가와 프란체스카라는 이름을 가진 주부의 로맨스를 떠올리고 11일 만에 이 소설을 완성했다.

프란체스카는 아이오와의 시골마을에서 성실한 남편과 청소년기를 지나는 아들, 딸과 함께 살고 있다. 프란체스카만 남기고 가족이 박람회로 떠난 어느 날, 사진작가 로버트 킨케이드가 길을 묻는다. 프란체스카는 그를 매디슨 카운티의 다리로 안내하고 이 일로 두 사람은 급격히 가까워진다. 두 사람에게 주어진 시간은 단 4일. 그 후에는 가족이 돌아오기에 두 사람은 그 짧은 기간 동안 술을 마시고 춤을 추고 사랑을 나눈다.

마지막 날, 로버트는 프란체스카에게 함께 떠나자고 하지만 프란체스카는 "가족을 두고 갈 수 없다"며 거부한다. 로버트는 비 오는 날 처량한 모습으로 떠나고 프란체스카는 남편의 차에서 그 모습을 보고 차 문을 박차고 뛰어가려는 마음을 억누르며 일상으로 돌아간다.

수십 년의 세월이 흘러 프란체스카가 죽고 유언을 남겼다. "살아서 가족에게 충실했으니 죽어서는 로버트에게 가고 싶다. 화장해서 유골을 매디슨 카운티 다리 아래 뿌려 달라"는. 알고 보니 몇 년 전 킨케이드 역시 "내 유골을 매디슨 카운티 다리 아래 뿌려 달라"고 유언을 남기고 사망한 상태였다.

두 사람은 살아서 이루지 못한 사랑을 죽어서 이루었다. 소설보다 1995년 만들어진 영화가 더 감동적이었다. 특히 메릴 스트립의 연기는 명불허전. 이미 보신 분이라도 꼭 한 번 다시 보기를 추천한다.

처음 두 사람이 만나 매디슨 카운티를 향해 간다. 킨케이드가 옆자리에 프란체스카를 태우고 트럭을 운전하다가 말한다.

"아이오와에는 특별한 향기가 있어요."

"그래요? 무슨 향기요?"

"아이오와만의…, 아마 땅이 비옥해서 그런가 봅니다. 아주 좋은 향기가 나요."

"저는 잘 모르겠네요. 여기 살고 있어서 그런가 봐요."

"그런가 봅니다."

나는 사랑이 후각을 통해 온다고 주장하는 사람이므로, 이 첫 만남에서 이미 킨케이드가 프란체스카에게 반한 것임을 알겠다. 킨케이드는 "당신에게서 특별한 향기가 나요. 아주 좋은 향기가"라고 고백한 거다. 프란체스카는 "여기 살고 있어서 나는 잘 모르겠다"고 답한다. 이 대화는 다음과 같은 마음의 소리를 담고 있다.

킨케이드: 당신 마음속에는 사랑이 있어요.

프란체스카: 그래요? 무슨 사랑이요?

킨케이드: 아주 열정적인 사랑. 누구라도 와서 건드리기만 하면 터질 것 같은, 당신 자체가 보유한 사랑이겠죠.

프란체스카: 그래요? 난 잘 모르겠네요. 아마 내 안에 있어서 모르나 보죠.

킨케이드: 맞아요. 하지만 곧 알게 될 겁니다. 우린 곧 사랑에 빠질 거니까요.

매디슨 카운티 다리에 도착하자 킨케이드는 "멋지네. 아름다워!"를 연발한다. 프란체스카는? '이 다리가 그렇게 예뻤나?' 하는 표정이다. 뜬금없이 맹자님 말씀이 떠오른다. "사람은 누구나 자신 안에 귀한 것을 가지고 있다. 다만 그것을 생각하지 못할 뿐이다." 아이오와의 향기와 매디슨 카운티 다리. 이건 프란체스카가 가진 아름다움의 상징이다. 그렇게 멋진 것을 자신 안에 가지고 있으면서 프란체스카는 몰랐다. 아니, 드러내고 밝힐 여유가 없었다. 왜? 가족을 돌보느라고.

또 하나, 프란체스카는 이탈리아 소도시 바리bari 출신이다. 리처드가 그곳에 미군으로 파병되었을 때 만나서 결혼, 남편 고향인 아이오와의 시골 마을로 와서 살고 있다. 킨케이드가 "어디 출신이냐?"고 묻자 프란체스카는 "당신은 잘 모를 거다"라며 바리 출신이라고 말한다. 뜻밖에도 킨케이드는 그곳을 알고 있다며 이렇게 답한다.

"기차를 타고 가다가 그 도시가 예뻐서 무작정 내려 며칠 머물렀어요."

프란체스카는 또 놀란다. 바리가 예쁘다고? 기차를 타고 가다 내려 며칠을 머물 정도로? 내가 태어나고 살았던 바리가 남이 보기엔 그렇게 멋진 곳이었단 말인가?

킨케이드는 이렇게 말하고 있는 셈이다.

"그래요! 당신이 태어나고 살았던 바리는 너무 아름다운 도시에요. 당신은 그곳을 누리면서도 그걸 몰랐죠. 그리고 당신이 지금 살고 있는 아이오와도 멋진 곳이에요. 당신은 살면서도 그걸 몰랐죠. 이 다리도 보세요. 이렇게 멋진 다리라는 걸 당신은 매일 지나면서도 몰랐죠. 그러니 이젠 당신 자신을 좀 보세요. 당신이 얼마나 멋진지. 스스로는 모르지만 당신의 몸, 당신의 마음, 당신의 향기 모두 다 최고라고요."

사진 작업을 마치고 돌아온 오후, 무더위 속에 이들은 시원한 아이스티를 마신다. 이런저런 이야기를 나누다 프란체스카가 묻는다.

"저녁 같이 드실래요?"

그야말로 '훅' 하고 킨케이드에게 들이미는 대사다. 봐라. 킨케이드가 맞지. 그녀 안에는 휘발유가 있었다. 킨케이드의 매력이 그 기름에 불을 질렀다. 그의 매력은 뭘까? 다름 아닌 여성에 대한 섬세한 배려다. 처음 길을 물었을 때부터 헤어질 때까지 남자는 여자의 입장을 생각한다. 바쁜데 방해되는 것 아닌가, 도와줄 일은 없는가, 힘들지는 않는가 등등. 역지사지. 이거 하나면 세상 모든 사랑이 시작된다. 그 사람 입장에서 생각하기. 이거 하나면 세상 모든 사랑이 유지된다.

저녁을 먹고 헤어진 다음 날, 프란체스카는 십 수 년 만에 읍내에 나가서 드레스를 산다. 그날 밤에 다시 킨케이드를 만나기로 했기 때문이다. 드레스를 입고 머리를 단정히 한 프란체스카가 거울 앞에 섰을 때 그녀는 비로소 인정한다.

'아, 내가 이렇게 아름다운 사람이었구나.'

자기 안의 멋진 자신을 발견할 때, 사랑은 싹튼다. 킨케이드는 프란체스카가 보지 못했던 또 다른 그녀를 보게 해 준 존재다. 가족만을 돌보는 일상적 주부가 아닌, 불꽃을 지닌 여성으로서의 자아. 모든 여성은 몸 안에 꽃불이 있다. 모든 남성은 몸 안에 발화점을 지니고 있다. 다만 대부분의 남성과 여성이 그걸 모를 뿐이다.

또한 대부분의 남편과 아내는 불씨와 발화점을 지니고도 그냥 살아간다. 삶의 순간마다 불이 난다면 그 화마를 어떻게 견디랴. 그리하여 킨케이드는 이렇게 말하지 않았는가.

"애매함으로 둘러싸인 이 우주에서 이런 확실한 감정은 단 한 번 오는 거요. 몇 번을 다시 살더라도, 다시는 오지 않을 거요."

하지만 프란체스카는 지금의 남편 리처드와 사랑할 때 이미 그 감정을 느꼈다. 킨케이드와도 20~30년이 지나면 무덤덤한 일상으로 변질할 사랑의 실존이 두려웠는지 모른다. 하여, 현명한 프란체스카는 권태로 변해가는 사랑을 지켜보기보다는 나흘의 추억으로 평생을 간직하는 쪽을 택했다.

『매디슨 카운티의 다리』의 작가 로버트 월러는 "프란체스카의 모델은 내 아내 조지아"라고 밝힌 바 있다. 프란체스카의 외모는 조지아를 생각하며 쓴 것이라고. 아마 그래서 프란체스카가 세계를 돌아다니는 사진작가 킨케이드와 떠나기를 거부하고 가족을 지킨 것인지도 모른다. 그런데 현실은?

로버트 월러는 책이 베스트셀러가 되자 36년을 함께 산 조강지처 조지아 비더마이어와 이혼하고 자기 농장 관리인인 24세 연하 린다 보우와 재혼한다. 조지아는 남편이 린다와 만난다는 사실을 알았을 때, 린다에게 헤어질 것을 종용했지만 린다는 거부하고 계속 월러를 만났다. 이 때문에 조지아는 "마음이 천 갈래로 갈라지는 것 같다"고 고백했다.(heavy.com 2017.3.10.) 한때 월러는 자기 책에 이렇게 쓴 적이 있다.

"인간의 마음은 천 갈래 만 갈래로 갈라지더라도 더 성장하는 방법을 찾아내고 만다."

이런 개…. 세상은 요지경이다.

이런 남편 어디 없소

도쿠가와 이에야스[1543~1616]는 기다림과 인내로 유명하다. 자신에게 집권기회가 오기까지 오다 노부나가, 도요토미 히데요시 치세를 거치면서 기회를 노리며 마음을 비워 나갔다. 일본 전국시대를 마무리하고 에도 막부를 열었던 것이 그의 나이 만 60세 때였고, 잔존한 도요토미 세력(히데요시의 아들 히데요리)을 물리치고 유일무이한 쇼군이 된 것은 죽기 1년 전인 72세 때였다.

유튜브에 〈도쿠가와 이에야스의 명언〉이란 짧은 동영상이 떠돈다. 야마오카 소하치의 『도쿠가와 이에야스』 13편을 보면 도쿠가와 이에야스가 셋째 아들 나가마츠 마루에게 활쏘기 훈련을 시키면서 리더십에 대한 이야기를 하는데 유튜브는 여기에 살을 좀 붙여 누군가 만든 것 같다.

대장은 존경을 받는 것 같지만 사실 부하들은 계속 대장의 약점을 찾아내려 하고 있다. 두려워하는 것 같지만 깔보고 있고, 친밀한 척하지만 경원을 당하고 있다. 또 사랑을 받는 것 같으면서도 미움을 받고 있다.

그러므로 부하를 녹봉으로 붙들려 해도 안 되고, 비위를 맞추려 해서도 안 된다. 부하를 멀리하거나 너무 가까이해도 안 된다. 또 화를 내도 안 되고, 방심해서도 안 된다. 부하가 반하도록 만들어야 한다. 다른 말로 심복心腹이란 것인데 심복은 사리를 초월한 데서 생겨난다.

그가 감탄하고 또 감탄하게 만들어야 한다. 대장이 좋아서 견디지 못하도록 만들어야 하는 거다. 그러기 위해서는 일상의 행동이 가신들과는 달라야 한다. 그렇지 않으면 머지않아 유능한 가신을 모두 빼앗기게 된다.

가신이 쌀밥을 먹는다면 너는 보리쌀이 많이 섞인 밥을 먹어라. 가신들이 아침에 일어난다면 너는 새벽에 일어나라. 인내심도 절약도 가신을 능가해야 하고, 인정도 가신보다 많이 베풀어야 비로소 가신들이 심복하고 너를 따르며 곁에서 떠나지 않게 된다.

가신들에게 나가마츠 마루는 고집스럽다, 인정이 없다는 말을 들어서는 절대로 안 된다. 그러므로 대장이 되려면 훈련을 엄격하게 해야 한다.

부부에 대한 원고를 쓰다 보니 환청까지 들린다. 나는 왜 이 말이 남편에게 하는 교훈처럼 들릴까?

"남편은 존경을 받는 것 같지만 사실 아내는 계속 남편의 약점을 찾아내려 하고 있다. 두려워하는 것 같지만 깔보고 있고, 친밀한 척하지만 경원을 당하고 있다. 또 사랑을 받는 것 같으면서도 미움을 받고 있다.

그러므로 아내를 돈으로 붙들려 해도 안 되고, 비위를 맞추려 해서도 안 된다. 아내를 멀리하거나 너무 가까이해도 안 된다. 또 화를 내도 안 되고, 방심해서도 안 된다. 아내가 반하도록 만들어야 한다. 다른 말로 콩깍지란 것인데 그것은 사리를 초월한 데서 생겨난다.

그녀가 감탄하고 또 감탄하게 만들어야 한다. 남편이 좋아서 견디지 못하도록 만들어야 하는 거다. 그러기 위해서는 일상의 행동이 아내와 달라야 한다. 그렇지 않으면 머지않아 멋진 아내를 빼앗기게 된다.

아내가 쌀밥을 먹는다면 너는 보리밥을 먹어라. 아내가 아침에 일어난다면 너는 새벽에 일어나라. 인내심도 절약도 아내를 능가해야 하고, 인정도 아내보다 많이 베풀어야 비로소 아내가 마음으로 너를 따르며 곁에서 떠나지 않게 된다.

아내에게 '우리 남편은 고집스럽다, 인정이 없다'는 말을 들어서는 절대로 안 된다. 그러므로 훌륭한 남편이 되려면 훈련을 엄격하게 해야 한다."

이런 남편이 있을까? 아마 대한민국에 0.01% 정도 있을지도 모른다. 나는 포기하고 그냥 애완 남편 내지는 반려 남편으로 살아가련다. 그런데 난 도쿠가와가 남긴 다음 말이 더 마음에 와닿는다. 괄호 안의 뒷 문장은 오랜 내공 끝에 내가 깨달은 진리다.

"상대가 강하게 나오면 부드럽게 물러서고, 부드럽게 나오면 더욱 강하게 밀어붙여라"
(아내가 강하게 나오면 부드럽게 물러서고, 부드럽게 나오면 더욱 부드럽게 물러서라)

짝을 바라볼 때
너무 밉지도 너무 좋지도 않다면 그걸로 충분하다.

돈 돈 돈…, 돈다 돌아

이 책을 쓰면서 사람들을 만나 조금은 깊은 부부 사이에 대해 캐묻다 보니 의외의 사실을 알게 됐다. 집에 돈을 가져다주지 않는 남편이 많다는 사실이다.

A: 사업에 한 번 실패하고 나서는 남편이 집에 돈 갖다준 적이 없다. 내가 알아서 충당한다.

B: 맞벌이일 때 각자 알아서 벌고 알아서 썼다. 지금은 남편 혼자 직장에 다니는데 여전히 생활비를 주지 않는다.

C: 나도 남편도 직장에 다니면서 각자 벌어서 쓴다. 그런데 생활비는 나만 댄다.

　부부란 건 기쁨도 같이 고난도 같이 나누는 사이다. 아닌가? 남편이 경제적인 능력이 부족하면 아내가 채울 수 있고 그 반대의 경우도 성립한다. 남자는 밖에서 돈 벌어오고, 아내는 안에서 살림하고는 옛말이다. 남자도 여자도 함께 능력을 발휘해서 수입을 올리면 된다. 하지만 현실은 어떤가? '남자도 여자도 같이 돈을 벌지만 살림은 여자만 한다'이다.

　미호 씨는 40대 기업가다.
　"남편은 공무원이고 난 사업을 했다. 남편은 봉급을 자기 용돈으로 다 썼다. 그래도 내가 수입이 좋으니 그냥 놔뒀다. 아이가 생기고 나니 반드시 남편의 도움이 필요했는데 이 인간은 손 하나 까딱 안 했다. 어느 날 말했다. '돈도 내가 더 벌고, 그 돈으로 생활비도 내가 다 대고, 애 기저귀하고 분유도 다 사고, 최소한 당신이 청소라도 해야 하는 거 아냐?' 그때 한 번뿐이었다. 이 남자의 DNA 속에 '살림 유전자'가 없다는 게 문제였다.
　나는 공휴일에도 나가서 일했다. 하루 종일 거래처 사람들하고 씨름하고, 납품하고 들어오면 몸은 말할 것도 없고 일단 정신이 피곤하다. 그런데 공무원인 남편은 그런 날 논다. 집에 와보면 설거지는 쌓여 있고 애는 땀내 나는 옷 입고 뒹굴고 있다. 청소는 해 놓지도 않았다. 그 꼴을 보면 진짜 같이 살 생각이 싹 달아난다.

몇 년을 싸우다 결국 아이를 들쳐 메고 집을 나와서 오피스텔을 얻었다. 시골에 사는 친정엄마를 올라오라 해서 사정을 말씀드리고 같이 살았다. 그리고…, 남편에게 이혼을 요구했다. 그 이혼을 법적으로 마무리하는 데 10년이 걸렸다.”

아내가 능력이 있으면 아내가 돈을 벌고 남편은 살림하는 게 맞다. 아내는 돈을 버는데 남편은 살림을 하지 않는다? 이건 부부간 도리를 어기는 게 아니라 상식을 깨는 거다. 상도의도 그런 상도의는 없다. 대한제국을 날로 먹으려는 일본 제국주의자의 심보나 마찬가지다. 세상의 이치는 Give and Take다. 먼저 주어야 받는 거다. 그런데 주지는 않고 받으려고만 하는 건 백일 지난 아이나 하는 짓이다.

사업할 때는 생활비를 주었으나 사업에 망하고는 입 싹 씻는 경우. 의외로 많았다.

정아는 남편도 자신도 각자 사업을 해서 나름 여유 있게 살

왔다. 남편이 잘나갈 때는 분기별로 해외여행도 가고 부동산 투자도 해 놨다. 그런데 남편이 수십억 대 사기를 당하면서 빚더미에 앉게 됐다. 그 이후로 남편은 재기하지 못했다. 재기할 생각조차 하지 않는다. 10년 넘게 수입을 올리지 못했고 지금은 아내인 정아의 운전사이자 매니저 노릇을 한다. —이 정도는 애교다.

희영의 남편은 한때 자연재료로 화장품을 만들어 중국에 수출하는 사업을 했다. 언젠가 나한테 써보라고 샘플을 가져다주었는데 딱 한 번 발라보고 난 그의 남편이 사업에 망할 거라고 직감했다. 냄새가 구렸다. 좋은 화장품의 첫째 조건은 향이다. 희영은 평범한 회사원이었다. 남편이 사업이 어렵다며 그녀에게 재정 지원을 요청했고 그때마다 희영은 모아 놓은 적금을 깨서 건네주곤 했다. 그렇게 세 번 하고 나서 희영은 남편과 갈라섰다. 돈 때문이 아니라 남편의 태도 때문이었다. 남편은 희영의 돈을 가져다 쓰는 걸 당연하게 생각했다. 부부 사이에 당연한 건 없다. 더 고마워해야 하고 더 미안해해야 한다. 남편의 뻔뻔함에 질려 희영은 이혼했다.

진아는 맞벌이를 하다 그만둔 경우다. 남편도 자신도 월급

받으며 살다 아이를 낳고 진아는 육아에 전념했다. 아이가 초등학교에 들어가자 진아는 대학 전공을 살려 요가강사를 했다. 가르치는 데 재주가 있어 친구의 요가학원에서 꽤 인기 있는 강사가 되었다. 그 수입으로 아이 학원비와 생활비를 댈 정도가 됐다. 문제는 그 이후, 남편이 집에 생활비를 보태지 않는다는 것.

또 다른 문제는 진아의 친구가 지방으로 요가학원을 확장 이전하면서 진아의 일거리가 끊겼는데도 남편이 돈을 주지 않는다는 것. 어쩌자는 것인지? 진아는 수소문 끝에 다시 요가강사 자리를 얻었는데 수입은 예전만 못했다. 그럼에도 남편은 모르쇠로 일관한다. 남편에게도 사정이 있을 것이다. 그 사정을 나는 알 수 없다. 최소한 이 부부는 경제적인 문제에 대해 서로 허심탄회하게 대화하지 않는 것만은 확실하다.

인영은 처녀 때부터 재테크에 관심이 많았다. 그렇다고 복부인 수준은 아니고 월급을 쪼개 모아 결혼 5년 차에 아파트 한 채를 마련했다. 그게 인영의 유일한 재산이다. 그 아파트는 전세를 주고 인영 부부는 다른 아파트에 전세를 살고 있다. 아이 학교와 인영 나름의 부동산 전망 때문이다. 부동산 경기가 좋을 때는 인영이 현금을 쥐고 운용할 수 있었다. 하지만 지금은 대출도 막힌 상태. 그런데 인영 남편은 그녀에게 생활비를 주지 않는다. 지금까지 인영이 다 알아서 해 왔기에 여전히 잘하고 있는 줄 안다. "이번 달엔 아이 학원비 좀 보태라"고 하면 화들짝 놀란다. -아무래도 길을 잘못 들인 듯

혜지는 맞벌이를 한다. 그런데 생활비는 혜지만 댄다. 월급은 비슷하다. 다만 신혼 때 '혜지는 생활비를 담당하고 남편은 재테크를 한다'라고 약속했고 그게 10년째 이어지고 있다. 어느 날 혜지는 '이러다 헤어지면?' 하는 생각이 들었다. 남편은 주식투자 등을 해서 모아 놓은 돈이 꽤 되지만 자신은 그러질 못했다. 다 생활비로 들어갔다. 혜지는 내년에 구입할 아파트를 공동명의로 할 생각이다.

세상에는 알뜰하게 살림하면서 재테크로 목돈을 모은 좋은 아내들도 많다. 그 대척점에는 성실한 남편이 벌어 온 돈을 낭비하는 여자도 있다. 마찬가지로 생활비도 주고, 아내 대학원 수업료도 대주고, 아파트는 아내 명의로 해 주는 좋은 남편들도 많다. 하지만 그 대척점에는 '제 할 건 다 하면서 집에 돈은 잘 안 가져다주는' 책임감 제로인 남자들도 많다. 만약 여성이 집에만 있다면 능력이 없어서가 아니다. 인생의 한 시기에 그

능력을 가정의 평화와 아이의 교육을 위해 쓰는 것뿐이다.

　그 사실을 인지한다면 가정경제에 대해 남편이 '나 몰라라' 하거나 '당신은 몰라도 돼'라는 식으로 나오지 않으리라. 돈 문제는 가장 민감한 사안이다. 가장 민감하기에 가장 섬세하게 다루어야 한다. 그렇지 않으면 부부관계에 금이 간다. 돈 자체 때문이 아니라 그걸 대하는 태도 때문이다. 피땀 흘려 번 돈을 경시하는 자세는 삶 전체에 대한 자세를 대변한다. 부부가 같이 벌든 혼자 벌든, 미래를 위해 머리를 맞대고 함께 해결해 나가는 게 맞다. -비록 내 꿈은 각자 잘 벌고, 각자 잘 써도 걱정 없는 생활이지만

TV 속 그들은

개그맨 최양락 씨가 일을 마치고 귀가한 아내를 맞이한다. 팽현숙 씨는 귀가하자마자 밥부터 하기 시작한다. 최양락 씨는 지금 배가 고파서 "빨리 먹자"고 하는데 현숙 씨는 고기 굽고 밑반찬 준비하고 된장찌개를 끓인다. 배고픈 양락 씨는 맥주를 마시며 기다린다. 현숙 씨는 열 개 가까운 반찬을 늘어놓고 돌솥밥을 지으면서 찌개와 국까지 세팅한다. 귀가해서 밥을 먹기까지 한 시간이 넘게 걸린다.

"요즘 내가 일하느라고 밥을 제대로 못 해 줬잖아. 그래서 시간이 좀 걸렸어."

양락 씨는 대꾸 없이 밥만 먹는다.

"정성스럽게 했으면 좀 기분 좋게 먹어. 해 줘도 지X이야."

"무슨 요리경연대회 해? 한 시간 반이나 걸렸어."

"남들은 도와 줘. 최수종 부부 같은 사람들은 '내가 해 줄게' 그러는데 일하다 보면 늦을 수도 있지. 어떻게 그렇게 화를 내."

"내가 잘났다. 요리사다. 티 내려고 이렇게 하는 거 아냐. 대충 먹으면 되지."

"와이프가 좀 그럴 수도 있지. 티 좀 내면 안 돼? 그게 그렇게 티꺼워? 나를 종 다루듯 말이야. 내가 아저씨 종이야? 니 종이야? 미친 인간아."

"너, '니'라고 했지?"

"그럼 니지. 너랑 나랑 세 살 차이 나. 다른 사람들은 열 살 차이 나는 줄 알아. 이 등신아."

"(헛웃음) …"

"세월 지나면 사람이 좀 변할 줄 알아야지. 따뜻한 말 한마디에 돈 들어가? 등에 땀 흘리면서 돌솥밥에 정성스레 해 줬으면 좀 고마워할 줄 알아."

왜 양락 씨는 저녁을 준비해 놓고 기다리지 않나? 아내인 현숙 씨가 밖에서 일하고 들어오면 바로 저녁을 먹을 수 있게 하면 안 될까? 그럼 모든 문제가 해결된다. 요리할 줄 모르는 남자는 21세기에 살아남기 힘들다. 그런데 라면 하나를 끓여 먹는 것도 습관이 안 되면 못 해먹는다. 양락 씨는 끼니가 되면 늘 현숙 씨에게 "이제 가서 밥 해"라고 하는데 요리할 권리를 하루빨리 현숙 씨에게서 찾아와야 한다. 현숙 씨는 진수성찬으로 차려 놓고 "이렇게 해 주는 걸 고마워하라"고 강요한다. "남들은 안 해 줘서 난리"라 한다. 그런데 양락 씨나 손님들이 거드는 것은 거부한다.

여기서 또 문제가 발생한다. 밥 살림에 대해 아내인 현숙 씨가 독재하고 있다는 것이다. 부엌살림부터 민주주의가 실현되어야 한다. 남편의 솜씨가 맘에 안 들어도 참고 먹어 주어야 한다. 세상의 아내들은 남편에게 조리할 권한을 이양하라. 농담이 아니다. 누군가를 위해 밥 한 끼 해 주는 것. 그건 가장 위대한 사랑의 행위다. 그녀를 위해 스파게티를 만들면서 전복을 다듬을 때, 이들을 위해 라면을 끓이면서 달걀을 풀 때, 가족을 위해 혹은 친구를 위해 캠핑을 하면서 고기를 구우려고 불을 피울 때 우리는 행복하다. 왜 그 행복을 아내가 독점해야 하나?

"요즘 내가 일하느라고 밥을 제대로 못 해 줬잖아. 그래서 시간이 걸렸어."

현숙 씨가 늦어진 식사에 대해 변명한다. 이 타이밍이 중요하다. 여기서 양락 씨가 "아니야. 괜찮아. 요리하느라 수고했어요. 이제 먹읍시다." 한마디만 했어도 부부싸움이 일어나지는 않았을 거다. -그랬으면 프로그램이 재미없어졌을 테지. 이 한마디를 놓친다. 양락 씨뿐 아니다. 현숙 씨도 그렇고 세상사람 누구나 대체로 그렇다. 최양락 씨 집은 강원도 청평의 강을 배경으로 한 근사한 전원주택이다. 그 집 마련하느라고 돈이 얼마나 많이 들었을까? 그런데 따뜻한 말 한마디에는 현숙 씨 말처럼 돈이 들어가지 않는다.

자본주의에 사는 우리는 돈 들어가는 일에는 엄청 신경을 쓰고 에너지를 쏟아붓지만, 돈 안 들어가는 일에는 무관심하다. 상대 입장에서 생각하기. '수고했다'고 말하기. '고맙다'고 표현하기. 고기에 쌈 싸 주기. 상대가 바쁠 때 일손 덜어 주기 등등. 돈이 제일 중요한 자본주의 사회지만 정작 부부의 행복을 좌우하는 것은 돈 안 들어가는 일이다.

양락 씨는 현숙 씨에게 '너'라고 부르면서 아내가 자기에게 '너'라고 부르는 것에 대해서 불만이다. 격투기 선수 정찬성 씨도 TV 프로그램에 나와서 아내를 '니'라고 부른다. 세 살 연상인 박선영 씨도 '니' '너'라 하지 말라지만 정찬성 씨는 "유^{you}"라고만 한다. 왜 '당신'이란 좋은 말을 놔두고 '너'라고 할까?

당신은 '부부 사이에서 상대편을 높여 이르는 이인칭 대명사'
다. 길거리 싸움에서는 막말이지만 부부 사이에서는 존칭이다.

내가 집필실로 쓰던 오피스텔 지하에는 중년 부부가 운영하
는 슈퍼마켓이 있었다. 남편은 아내에게 늘 '야'라고 했다. 부부
사이에는 호칭이 금실을 좌우한다. 돌아가신 큰 이모부는 이모
를 늘 "사랑하는 우리 희선이"라고 불렀다. 좋은 호칭이다. 둘
만 있을 때는 ○○씨도 좋은데, 다른 사람들 앞에서는 그저 '당
신'이 좋다. '너' '야'는 절대 아니다.

현숙 씨에게도 잘못은 있다. 다른 부부와 비교한 것과 욕을
한 것. 부부가 서로에게 욕을 하는 건 일생에 한 번이어야 한
다. -그 한 번이 뭔지는 나도 알 수 없다. 다만 한 번 정도는 그럴 수 있다고
본다. 평생 아내나 남편에게 단 한 번도 욕하지 않는 인생은 가짜다.

최수종-하희라 씨와 비교하는 건 반칙이다. 세상 어떤 부부
가 그들을 따라가겠나? 현숙 씨가 "최수종 씨는 아직도 아침에
하희라 씨 얼굴 보면 가슴이 설렌대"라고 말하자 양락 씨가 솔
직하게 답했다.

"그건 뻥이야."

행복과 사랑은 소중히 대하는 마음에 있다.

사랑한다면 그들처럼

최수종-하희라 커플은 30년 가까이 잉꼬부부로 지낸다. 비결이 뭘까? 수종 씨는 여자의 마음을 잘 안다. 개그맨 박준형-김지혜 커플이 동료 오지헌 가족을 초대해서 삼계탕을 대접했다. 요리를 준비하던 중 긴지혜 씨가 그릇을 깼다. 박준형 씨가 다가가자 김지혜 씨가 "위험하니 오지 말라"고 말했다. 박준형 씨는 아내의 말을 따랐다. 그 모습을 본 최수종 씨가 탄식하며 말한다.

"아무리 오지 말라고 했어도 아내를 들어 안전한 곳으로 옮겼어야 했다."

아하. CF에서 '남자는 여자 하기 나름'이라 했던가. '여자도 남자 하기 나름'이다. 하희라 씨 역시 "최수종을 아들처럼 생각한다"고 대답했다. 두 사람은 "결혼하고 한 번도 심각한 부부싸움을 하지 않았다"는 믿을 수 없는 말을 했다. 그 비결로 "오해가 이해가 되려면 서로 노력하고 참고 기다려야 한다"라고 밝혔다.

뜨거운 화를 뜨거운 싸움으로 변질시키지 말고 차가운 침묵으로 달래는 것. 이게 금실의 원칙이다. 그래서 부부 사이에는 냉담기가 필요하다. 희라 씨가 수종 씨에게 섭섭하거나 화가 났을 때는 입을 다물고 기다리거나 잠을 잔다. 한잠 푹 자고 일어나면 수종 씨가 '나와 동등한 관계인 남편'에서 '내가 봐주어야 하는 아들'로 보이고 모든 게 이해된다. 그럼 심각한 갈등은 어느 정도 해소된다.

연예계에서 또 둘째가라면 서러워할 원앙 커플이 있다. 션-정혜영이다. 션이 〈힐링 캠프〉에서 '부부싸움 없는 이유'를 말했다.

"먼저 대접해 준다. 아내를 하녀처럼 대하면 그도 나를 하인 취급하게 되어 있다. 먼저 아내를 공주처럼 대접하면 아내도 나를 왕자처럼 대접한다.

단점보다 장점을 본다. 연애할 때는 장점이 많았는데 결혼하니까 단점이 많아졌다? 아니다. 상대는 그대로인데 내 관점이 바뀐 것이다. 결혼해서 콩깍지가 벗겨지고 상대의 실체를 알게 되더라도 장점을 더 많이 봐야 한다.

오늘을 마지막이라 생각하며 산다. 오늘 죽은 그 누구도 어제 '난 내일 죽겠지' 하고 산 사람 없다. 내일이 우리에게 항상 약속되어 있지 않다. 싸우지 말고, 싸웠더라도 화해하려 한다."

좋은 이야기지만 매일 그렇게 사는 건 또 쉽지 않은 일이다. 이효리-이상순 부부 역시 알콩달콩 행복하게 살아간다. 이들이 살아가는 모습은 한 예능 프로그램을 통해 방영되어 전 국민이 다 안다. 이효리 씨는 "오빠는 내게 늘 칭찬을 한다. 민낯도 예쁘다 하고, 주름진 눈가도 좋다 하고, 주근깨도 귀엽다 한다." 그러면서 자신은 감정기복이 심한데 상순 씨는 늘 안정적이고 화도 잘 안 내는 성격이란다. 다만 자기를 태우고 운전할 때 누군가 옆에서 조금이라도 위험하게 운전하면 엄청 화를 낸다고. 상순 씨가 그렇게 돌변하는 이유는 '우리 아가가 탄 차이기 때문'이다. 그는 "우리 애기"를 입에 달고 살면서 효리 씨를 아끼고 위해 준다. 어느 아내가 이런 남편을 사랑하지 않을 수 있겠나? 아내에게 사랑받으려면 약간의 손발 오그라듦 증세는 감당해야 한다. 남자의 체면, 가부장적 근엄함, 원래 무뚝뚝함. 이런 건 잊어라.

언젠가 필자가 희라 씨에게 연락했을 때, 그녀는 집에 있는 런닝 머신 위에서 뛰며 전화를 받았다. "수종 씨도 운동 중"이란다. 수종 씨 -연예계 선배, 죄송합니다~ 는 밀가루와 튀긴 음식을 절대 먹지 않고 30년 넘게 같은 몸무게 67kg을 유지하고 있다. 2006년 사극 〈대조영〉 촬영 때는 젊은 대조영 역을 연기하기 위해 5개월 동안 곡기를 끊기도 했다. 사과, 오이, 삶은 달걀과 토마토 등만 먹으며 촬영을 했다. 차에는 아령을 싣고 다니면서 틈틈이 근력운동을 병행했다. 그 결과 몸무게는 줄지 않았지만 얼굴 살이 쏙 빠져 대역을 쓰지 않고도 젊은 대조영 역을 소화할 수 있었다.

당시 최수종 선배 때문에 나 역시 자극을 받아 '저탄수화물 다이어트'를 하기도 했다. 대조영 촬영장에선 배우뿐 아니라 스텝들도 오이를 씹어 먹는 등 다이어트 열풍이 불었다. 연개소문 역의 김진태는 병으로 죽는 장면을 위해 2주 동안 저탄수화물 다이어트로 8kg을 빼기도 했다.

선-정혜영 커플 역시 권투 같은 유산소 운동과 근력 운동을 하며 철저히 자기관리를 한다. 혜영 씨는 "맛있는 걸 먹기 위해 운동한다"고 말한다. 그녀는 "남편과 나는 식성도 성격도 다르다"라고 했다. 둘이 딱 맞아서 안 싸우는 게 아니라 서로 맞지 않아도 맞춰 가며 사는 것. 이게 진짜 좋은 부부관계의 열쇠가 아닌가 싶다.

이효리-이상순 부부 역시 제주도 애월 집 마당에 매트를 펴고 틈나는 대로 요가를 한다. 어깨 통증을 극복하기 위해 시작한 효리 씨의 요가는 강사 수준이고 상순 씨 역시 고난도 동작을 소화할 정도로 상당한 실력을 보여 준다.

이들이 단지 연예인이기에 이렇게 운동을 하는 것일까? 건강한 육체에서 건전한 정신이 나온다는 걸 믿고 있기 때문이리라. 부부 중 어느 한쪽이 내내 병원 신세를 지거나 육체적으로 너무 허약하면 나머지 한 사람은 힘들어진다. 운동을 해 본 사람은 안다. 스트레스가 쌓였을 때 땀 흘리며 조깅을 하거나 바벨을 들고 씨름하다 보면 어느새 마음도 상쾌해진다는 걸. 체육관에서 한 시간쯤 단련을 하고 샤워를 하고 나면 더 멋지고 건강해진 나 자신이 좋아진다. 운동을 하는 이유는 자기애를 공고히 하기 위해서다. 먼저 자기를 사랑하게 되면 타인도 사랑하게 된다. 온전히 자신이면서 타인인 사람, 내 배우자를 사랑하려면 나부터 사랑해야 하므로 부부관계가 좋은 사람들은 오늘도 런닝 머신 위를 달린다.

남은 사랑을 확인하다

원경왕후는 태종에게 달려가 태종의 옷자락을 부여잡고 울부짖었다.

"상감께서는 어찌하여 예전의 뜻을 잊으셨단 말입니까? 저와 상감이 함께 고생고생해서 국가를 차지하였는데, 어찌 이러실 수가 있단 말입니까?"

"…"

태종은 묵묵부답이었다. 냉정한 눈으로 원경왕후를 내려다보던 태종은 아무 일 없었다는 듯 밖으로 나갔다. 혼자 남은 원경왕후는 무너지듯 주저앉았다. 눈물이 쏟아졌다. 원경왕후는 그날 이후 날마다 울었다. 음식도 들지 않았다. 며칠 후 후궁 권 씨가 별궁으로 들어왔다.

"이럴 수는 없는 일입니다. 사람이라면 이럴 수는 없는 일입니다."

원경왕후는 마음속으로 울부짖었다. 그러나 태종은 더 이상 옆에 없었다. 원경왕후의 마음에는 병이 생겼다.

- 『조선왕비실록』, 신명호

하루가 멀다고 부부싸움을 하면서도 헤어지지 않는 부부가 있다. 매일 다투면서도 부부관계는 유지한다. 그렇게 살아가는 이유가 뭘까? 별거 혹은 이혼에 따른 부담이 너무 크기 때문에? 혼자 살기 두려워서? 습관이 되어서? 자식 때문에? 아마도 이 모든 이유일 것이다.

'부부싸움은 칼로 물 베기'란 말이 있다. 어제 죽일 듯 싸운 부부가 오늘은 또 아무런 일 없었다는 듯 살아간다. 싸움의 이유는 크게 두 가지. 외도와 돈 문제다. 그럼 돈 문제로부터 자유로운 왕과 왕비는 어떨까? 아니 남편이 왕이고 아내가 왕비인데도 싸울 이유가 있을까?

태종 이방원^{1367~1422}은 조선 건국의 기초를 튼튼히 쌓았다. 비록 건국은 이성계가 했으며 성업은 세종이 이루었으나 조선 창업의 총감독은 이방원이었다. 한마디로 건국기 조선은 태종의 나라였다. 태종은 스스로를 '국가이성國家理性'이라 일컬었다. 자기 생각이 곧 나라의 정신이란 의미다. '짐은 곧 국가'라 했던 루이 14세^{1643~1715}의 말은 방원의 선언보다 한참 늦었다.

태종이 정권을 잡을 수 있었던 이유 중 하나는 부인 민씨의 내조다. 1차 왕자의 난 때 이방원은 정도전의 '사병혁파私兵革罷. 개인이 병사를 보유하는 것을 금한 조치'로 병장기 하나 변변히 없었다. 이

때 숨겨 놓은 창과 방패를 내놓은 게 민씨였다. 정도전이 먼저 방원을 칠 것이라는 정보를 입수한 것도, 망설이는 남편을 고무한 것도 그녀였다. 2차 왕자의 난 때도 방원은 망설였다. 2년도 안 돼 형제를 또 해치기 꺼렸다. 이때도 갑옷을 입히며 방원을 종용한 것이 민씨였다. 태종은 떠밀리듯 진압에 나섰고 민씨는 동생인 무질과 무구를 시켜 이를 도왔다. 민씨 형제는 뛰어난 무장이었다.

1, 2차 왕자의 난을 평정하고 1400년 11월 13일, 방원은 조선의 3대 왕에 올랐다. 민씨는 왕비가 되었다. 이때 방원은 34세, 민씨는 36세였다. 이방원 왕 만들기의 주연은 태종이었으나 감독 각본 캐스팅은 민씨 몫이었다. -심지어 소품도 담당했다. 두 살 연상 누나는 이렇게 연하남의 킹메이커가 되었다. 남편을 지존으로 만들었으니 세상에 부러울 게 없었다.

KBS 인기 대하사극 〈용의 눈물〉에서 태종 역은 유동근, 원경왕후는 최명길 님이 열연했다. 두 배우의 연기는 그야말로 불꽃이 튀었다. 태종이 왕위에 올라 여성 편력에 몰두하자 원경왕후가 그를 찾아간다.

최명길: 지금 전하께서 누구 덕에 옥좌에 앉아 계신단 말입니까?

유동근: 이런…

최명길: 무인년(1차 왕자의 난)에 사지에 빠진 전하를 구해 드린 사람이
　　　　누구이며 주저하시며 갈팡질팡하던 전하에게 갑옷을 입혀 드
　　　　린 사람이 또 누구입니까?

유동근: 폐출을 당해 대궐에서 쫓겨나 봐야 정신을 차릴 수 있을까!

최명길: 지금 '폐출'이라 하셨습니까?

유동근: (노려본다.)

최명길: (한쪽 눈에서 눈물이 흐른다) 뭘 주저하십니까? 피도 눈물도 없
　　　　는 전하 아니시옵니까? (다른 눈에서도 눈물이 흐른다) 어서 내
　　　　금위라도 부르시옵소서. 어서요!

이걸 현대식으로 해석해 볼까? 남편은 아내와 처가 덕에 벤
처 기업을 스타트업해서 매출 천억 원 대의 탄탄한 기업으로
성장시켰다. 이제 사장이 하루 이틀 출근하지 않아도 회사는
잘 돌아간다. 대표이사는 바깥으로 돌기 시작한다. 여자가 생
긴 것이다.

아내: 지금 당신이 누구 덕에 그 자리에 있는데?

남편: 이런…

아내: 창업자금 없어서 쩔쩔맬 때 돈 대준 사람이 누구고, 부도날 위기

에서 구한 사람이 누구야?

남편: 이혼을 당해 봐야 정신을 차리지?

아내: 이혼? 너 지금 이혼이라고 했어?

남편: (노려본다)

아내: 뭘 주저해? 이 더럽고 치사한 인간아. 변호사 불러 도장 찍어 줄게.

　태종의 여성 편력사에는 원경왕후 민씨가 왕비에 오르기 전 몸종으로 부렸던 김씨 성 가진 여인이 등장한다. 후에 효빈 김씨가 되는 그녀를 태종이 취했다는 소식을 들었을 때 원경왕후는 치를 떤다. 김씨는 방원과 민씨가 사저에 있을 때 어린 소녀로 들어와 민씨의 수발을 들던 처자였다. 그런 아이를 불러들였다고?! 민씨는 분노했지만 화를 삭였다. 하녀와 라이벌이 되는 건 자존심 상하는 일이었다.

　태종은 아예 '후궁 들이는 법'을 제정한다. "법에 따라 권홍의 딸을 정식 후궁으로 들인다"고 공표하자 원경왕후는 더는 참지 못하고 태종에게 가서 따진다. 부경대 신명호 교수가 쓴 『조선왕비실록』에는 앞서 인용한 것처럼 고상하게 말한 것으로 나와 있지만 아마도 실제는 사극 〈용의 눈물〉에 나오는 최명길의 대사에 더 가깝지 않았을까?

태종이 왕에 오르기 전까지는 부부 사이에 금실이 좋았다. 두 사람은 모두 7남 4녀를 낳았다. 대단하다. 그중 세 아들은 유산되거나 일찍 세상을 떴다. 이방원은 10대 때부터 조선 정국의 중요한 인물이었고 결혼할 무렵에는 이미 아버지 태조를 도와 정치에 깊이 관여하고 있었다. 정계란 늘 격랑이 있는 곳. 이방원이 정도전에게 밀려 한가한 때가 있었다. 외출을 삼가고 민씨와 일상의 시간을 함께했는데 마침 아들이 태어났다. 태종은 그때의 심정을 이렇게 털어놓는다.

> 나는 대비와 번갈아 가며 갓난아기를 안기도 하고 업어주기도 하며 무릎에서 떼어놓지 않았다. 이 때문에 그 아이를 다른 아이들과는 달리 끔찍이 사랑하게 되었다.
> – 『조선왕비실록』, 세종실록 권3, 1년 2월 무인조, 신명호

그 아이가 바로 충녕대군, 즉 나중의 세종대왕이다. 세종대왕은 어려서부터 부모의 사랑을 독차지했다. 그를 임신했을 때 민씨는 가정적으로나 경제적으로나 또 부부관계에 있어서나 대단히 안정적인 상태였다. 그러니 태교와 육아도 정성을 들였을 터. 갑자기 이런 유행어가 생각난다. "뱃속에서부터 부모 사랑을 듬뿍 받고 자라난 아이가 나중에 커서 한글을 창제합니다."

태종은 왕권 강화에 방해가 된다며 처남 넷을 죽였다. 원경왕후로서는 분통 터질 노릇이었다. 게다가 태종의 여인은 기록에 나와 있는 것만 열한 명이다. 원경왕후의 심사가 어땠을까? 숯덩이처럼 되지 않았을까? 시앗을 보면 돌부처도 돌아앉는다 했다. 사랑하는 사람이 나 아닌 다른 이와 섹스를 한다? 이건 도저히 참을 수 없는 일이다. 부처도 돌아앉는데 사람이야 어떻겠나? 원경왕후는 공식적으로 열한 번, 비공식적으로는 그보다 더 많이 돌아앉으며 마음의 병이 깊어갔다. 그녀는 이 병을 불심으로 어루만졌다. 돌아앉은 부처님이 뭐라 하셨을까? "색즉시공, 공즉시색"이라 하셨을까?

내 의문은 이런 거다. 태종과 원경왕후 사이의 막내아들은 성녕대군이다. 원경왕후가 만41세이던 1405년에 낳았다. 태종이 왕위에 오른 지 5년째인데 그 전해에는 딸 정선공주를 낳았다. 이때는 태종이 이미 후궁들로부터 아이도 낳고 태종과 원경왕후 사이에 부부싸움도 격하게 하는 와중이었다. 그럼에도 두 사람은 딸과 아들을 연년생으로 낳았다. 낮에는 싸우고 밤에는 사랑하고? 부부싸움은 정말 칼로 물 베기인가? 미워할 수밖에 없으나 남은 사랑을 확인하고 싶었던 아내의 심정을 생각하면 가슴이 먹먹하다.

나무아미타불 관세음보살.

남편과 아내는 서로에게 무엇을 지켜야 할까

중국 한나라 때 유향이 쓴 『열녀전』이란 책이 있다. –왜 '열부전'은 없을까? 부정적으로 보면 『열녀전』은 여필종부라는 낡은 가치관을 선전하는 책이다. 이 책의 밑에 깔린 저자의 생각에는 동의하지 못한다는 걸 전제하고 에피소드 하나를 소개한다.

맹자가 어느 여름날 집에 들어오니 부인이 웃옷을 벗고 상반신을 드러내고 있었다. 맹자는 못 볼 것을 봤다는 듯 도로 방을 나왔다. 그리고 "다시는 아내를 보지 않겠디"고 선언했다. –뭐니? 넌 이 선언에 놀란 부인이 맹자 어머니를 찾아가 호소했다.

"외간 남자를 만난 것도 아니고 더위에 옷을 벗고 있던 것이 잘못입니까? 옛말에 '부부 사이의 도라 해도 둘만 있는 방에서는 지키지 않는다고, 부부지도 사실불여언夫婦之道 私室不與焉'이라 했습니다. 낭군이 다시 저를 찾지 않는다 하시니 저도 친정으로 돌아가겠습니다."

맹자 어머니가 누구인가? 아들을 위해 세 번 이사했다는 전설의 여인이다. 이 대목에서 맹모는 자식 편을 들지 않는다. 며느리의 주장이 옳았다. 아들을 불러 말했다.

"마루에 오를 때 인기척을 내는 것은 안에 있는 사람에게 미리 알리기 위한 예요, 방에 들어서서 눈을 아래로 내리까는 것은 상대의 허물을 볼까 조심하는 예다. 이를 살피지 못한 것은 너인데 오히려 아내의 예를 탓하니 어찌 된 일이냐?"

맹자는 깨닫는 바가 있어 아내에게 사과하고 다시 제대로 된 '부부지도夫婦之道'를 이어나갔다. 부부지도란 무엇인가? 흔히 우리는 '부부유별夫婦有別'이라고 해서 '부부 사이에는 분별이 있어야 한다'라고 외웠다. 그러나 서정기 전 성균관장은 "부부유별은 부부를 차별하는 게 아니라 두 사람 모두 각별하므로 서로 존중하라는 뜻이라고 해석한다.(한국경제 2014.03.27.)"라고 했다. 좋은 설명이다.

어찌 되었든 부부 사이에 '별別'이 있어야 한다는 것인데 '별'이란 무엇인가?

네이버 사전에 의하면 '나누다. 가르다. 헤어지다. 따로 떨어지다. 떠나다. 다르다. 틀리다'란 의미다. 결국 '부부는 떨어져 지내라'는 게 유교의 부부지도다. 왜?

청춘남녀가 서로 좋아하게 되면 매일 붙어 있고 싶어 한다. 생전 처음 성에 눈을 떴으니 그럴 만도 하다. 물론 예전에는 모두 중매결혼으로 지금처럼 자유연애가 없었기에 열 명 중 아홉은 그 남자가 내 남편이고 그 여자가 내 아내인 줄 알고 살았다. 그러다 보니 서로 떨어지지 않았다. 시시덕거리며 웃고 즐거워했다. 노인들이 보기에 '이건 아니다' 싶었다. 내심 질투도 났다. 나이 든 것도 서러운데 저것들이 내 앞에서 애무를 해? 늙은 마음의 시기는 더 무섭다. 그래서 만든 원칙이 오륜 중 하나인 '부부유별'이다. "아무리 좋아도 지킬 건 지켜! 물고 빨고 하는 짓은 너희 둘이 있을 때만 해!"

그 부부유별의 도를 지키지 않아도 되는 공간이 있다. 바로 '사실私室' 즉 안방이다. 예전에는 남편이 바깥방에서 자고 안방에서 부인이 잤다. 두 방 사이는 마루로 연결되어 있어서 오갈 수 있었다. 일단 안방에 들어서면 프라이버시의 영역이다. 여기서는 무슨 짓을 하든 용서가 된다. 그러니 웃통을 벗든, 아랫도리를 벗든 무관하다. '이리 오너라, 업고 놀자' 이전에 '이리 오너라, 벗고 놀자'가 선행된다. 이곳에서도 부끄러워하고 체면 따지면 자손 생산은 물건너 간다. 그래서 '둘만 있을 땐 질탕하게 놀아도 된다'는 예외를 만들어 놓은 거다.

그런데 부부유별은 중년 이후의 부부 사이에도 적용된다. 부부는 떨어져 있어야 하고 헤어져 있어야 한다. 그래야 보고 싶다. 아무리 멋진 사람도 매일 같이 있으면 권태롭다. 종종 서로를 떠나서 다름을 인정하는 강제 이별 기간이 있어야 부부지도가 유지된다. 좋든 싫든 무조건 한 공간에 사는 건 결국 파국적 일상 혹은 일상의 파국으로 이르는 길이다. 남편 하는 짓이 꼴 보기 싫고 아내 잔소리가 지긋지긋하면서도 습관처럼 살다 보면 배우자가 죽어도 눈물 나지 않고 배우자를 묻으면서도 슬프지 않은 상황이 온다. 그건 아니지.

맹자 얘기가 나왔으니 '이루하 편編'에 나오는 부부 이야기를 해보자. 제나라에 사는 어떤 남자가 외출했다 하면 꼭 술과 고기를 실컷 먹은 뒤에 돌아왔다. 부인이 "누구와 그렇게 먹고 마시느냐"고 물어 보면 남편은 부유하고 지위가 높은 사람의 이름을 댔다. -남편의 허풍은 동서고금이 같다. 부인이 아무리 생각해도 남편 친구나 지인 중에 유명하거나 높은 지위에 있는 사람이 없었다. 다음 날 부인은 남편을 미행했다. 남편은 도성 안에서 누구와도 이야기를 나누지 않았다. 그는 성문을 지나 공동 묘지에 이르러 제사 지내는 이들에게 가서 남은 음식을 빌어먹고, 모자라면 또 두리번거리다 다른 곳에 가서 얻어먹는 것이었다. 이것이 그가 실컷 먹고 만족하는 방법이었다. 부인이 돌아와 탄식하며 둘째 부인을 보고 말했다. -그 주제에 부인이 둘?

"남편이란 우러러보면서 일생을 함께 살아갈 사람인데 지금 우리 남편 하는 꼴이 이 모양이니 누굴 믿고 살아가나."

그녀는 처지가 서러워 마당 한가운데 서서 울었다. 잠시 후 남편이 돌아왔으나 그는 아무것도 모르고 여전히 교만하게 굴었다.

『로마인 이야기』의 저자 시오노 나나미 여사는 이렇게 말했다.

"우리 여자들은 남자들을 존경하고 싶어 근질근질하다. 남자들이여, 기대를 저버리지 말라. 그렇지 않으면 우리의 사랑을 누구에게 바친단 말인가."

아내의 사랑을 원한다면 내가 먼저 존경할 만한 인간이 되어야 한다. 그러니 사랑받는 남편으로 사는 것은 얼마나 어려운 일인가.

괴로운 양육, 도망이 답일까

미국의 생물학자 로버트 트리버스는 양육을 '가혹한 구속'이라고 말한다. 지구상에 존재하는 모든 동물은 암컷이든 수컷이든 이 구속에서 벗어나려 발버둥친다. 대부분의 동물은 암컷이 새끼를 돌본다. 그런데 어류 중에는 수컷이 알을 돌보는 경우가 많다. 왜 그럴까? 리처드 도킨스는 『이기적 유전자』에서 T. R 칼라일의 이론을 소개한다. 나는 이것을 '도망까지 0.5초' 이론이라 부른다.

포유류나 조류는 암컷이 수정체를 체내에 품고 있다가 알 또는 새끼를 낳는다. 암컷은 어디로 가든 몸 안에 알 또는 알 형태의 배아가 있기에 수컷이 도망치면 혼자 양육을 담당해야 한다. 수컷은 자신의 정자를 암컷의 몸 안에 안착시키는 임무를 마쳤기에 도망칠 시간이 있다.

모기도 거미도 표범도 곰도 교미가 끝나면 수컷은 도망친다. 인간 중에도 이런 부류가 많다. 그런데 어류는 좀 다르다. 물고기는 체외수정이다. 암컷과 수컷은 각각 난자와 정자를 방산放散하는데 난자는 크고 무거워 물밑으로 가라앉지만 정자는 가벼워 물에 휩쓸리기 쉽다. 이 때문에 어류의 짝짓기 과정에서 수컷은 약자다. 암컷은 산란하고 다른 곳으로 가도 알이 그곳에 있기에 애태울 이유가 없는데 수컷은 먼저 정자를 배출했다가 알도 없이 무산될까 봐 전전긍긍한다. 일단 암컷이 알을 낳는 걸 확인하고 나서 수컷은 안심하고 사정한다. 그러다 보니 암컷에게는 수컷이 일을 끝마치기까지 찰나의 시간이 생긴다. 이 0.5초 동안, 엄마 물고기들은 자유를 찾아 도망간다.

수컷은? 산란장소를 확인하고 정자가 수정되는 걸 확인하고 또 수정된 알들이 상할까 봐 확인하고…, 이러다 결국 그곳에 남아 육아까지 책임진다. 새끼들이 알을 깨고 나올 때까지 알덩어리를 지키는 것이다. 심지어 해마는 수컷 체내에 보육낭이 있어 임신, 출산까지 한다. 이건 1억 년에 걸친 해양환경 변화에 대한 해마의 진화에 따른 결과다. -우리도 1억 년쯤 뒤에는 남성 임신이 가능할지 모른다.

이런 걸 보면 양육은 본능이 아니다. 될 수 있으면 도망치고 싶은 고통이자 가혹한 구속이다. 엄마든 아빠든 단독육아를 하면 창살 없는 감옥생활을 하는 것이나 마찬가지다. 이 때문에 내가 잘 아는 어떤 분은 육아 1년 만에 진짜 교도소에 갇힌 수감자처럼 되어 버렸다. 장기간 육아를 담당한 사람에게 나타나는 수감자화 증세는 이렇다.

- 집에서만 먹는 밥은 지겹다며 가끔 사식을 요구한다.
- '내가 도대체 무슨 죄를 지어 이 고생을 하나' 하고 종종 푸념한다.
- 절대 불가능하다는 것을 알면서도 탈옥을 꿈꾼다.
- 자신 이외의 모든 사람을 적으로 몬다. 도와주려는 사람의 손길도 의심하고 본다.
- '여기서만 나가면 진짜 하고 싶은 일을 하겠다'라고 말하지만 정작 하고 싶은 일을 할 시기가 되면 경력 단절이 된다.
- 회사에 다니는 남편 혹은 아내에게 괜히 히스테리를 부린다.
- 수감자들이 '나라에서 먹여 주고 재워 주는데 뭐가 힘드냐'고 말하면 싫어하듯 '집에서 애 보는데 뭐가 힘드냐'고 말하는 걸 제일 싫어한다. 이건 육아의 어려움을 모르고 하는 소리다.

미국의 코미디언 빌 버Bill Burr는 여성비하 발언으로 종종 물의를 일으키곤 하는데 집에서 아이 보는 여자들을 이런 식으로 말했다.

"오프라 윈프리가 어떤 듣보잡 여성을 소개하면서 '세상에서 가장 힘든 일을 하는 여성입니다. 엄마니까요.'라고 하네. 엄마가 힘들다고? 탄광에서 석탄가루 마시다 죽는 엄마가 많긴 하지. 좋아, 어떤 걸 선택할래? 드릴로 지구 중심까지 파고 들어가 머리 위에서 언제 무너질지 모르는 흙덩이 안고 일할래? 아니면 애 볼래? 7월 중순 땡볕 아래 지붕공사 할래? 애 볼래? 응? 하긴 허리 굽혀서 DVD 플레이어에 DVD 넣는 거 힘들지. 얼마나 힘들겠어. 작작 하라고. 잠옷 입고 할 수 있으면 힘든 거 아니야."

그런데 왜 여성은 아니 남녀를 불문하고 사람들은 육아가 힘들다고 아우성일까?

적당히 할 수 있는 일이 아니다

영혼 탈탈 털리면서 해야 하는 일이다. 잠옷 입고 육아할 수 있지만 정신은 초긴장 상태다.

퇴근 시간이 없다

지붕공사는 마치는 시간이 있지만 육아는 24시간 내내 대기다. 특히 신생아부터 만 2세까지는 잠시도 눈을 떼지 않고 지켜봐야 한다.

인정받지 못한다

오프라 윈프리의 '세상에서 제일 힘든 일'이 최고의 인정이다. 하지만 내내 "엄마라니! 정말 훌륭하다"고 말해 주는 것도 아니다. 사회에서는 '맘충'이라 폄하하고 배우자조차 육아의 힘듦을 제대로 평가해 주지 않는다.

돈 되는 일이 아니다

육아한다고 누가 돈 주지 않는다. 남에게 맡기면 매달 150~200만 원을 주지만 내가 키우면 아무도 내게 비용을 지불하지 않는다.

자신의 일을 할 수 없다

육아에 매이면 내 일을 못 한다. 공동육아를 하면서 부부 모두 일을 하면 모르겠지만 단독육아를 하면 내 일 하기는 불가능하다. 이건 심각한 문제다. 자존감, 수입, 인정, 자아실현이라는 네 가지 실체가 내게서 사라지는 것이기 때문이다.

그럼 어떻게 해야 할까? 이럴 땐 바다거북이 부럽다. 니카라과의 태평양 연안 라플로르 해변에는 매년 11월, 칠흑 같은 어둠을 뚫고 수백 마리의 바다거북이 몰려든다. 어미 거북들은 힘겹게 50~200개의 알을 낳고 새벽녘이면 제 갈 길을 간다. 바다거북이 서식하는 전 세계의 연안에서 공통으로 일어나는 현상이다. 어류나 곤충, 파충류도 마찬가지다. 수많은 알을 낳아 놓고 부모 개체는 도망간다.

그럼 알에서 깬 새끼는 누가 키우나? 자연이 키운다. 물론 자연양육은 기회비용이 많이 든다. 새끼 바다거북의 생존율은 1%이고 대부분의 어류도 성체가 되기까지 아주 적은 생존율을 보인다. 바다거북 새끼는 누가 돌보지도 않는다. 제가 알에서 깨어나 바다까지 헤엄쳐 간다. 소는 태어나자마자 일어서고 거북은 태어나자마자 자기 살길을 개척하는데 왜 인간만 20년 가까운 세월 동안 -개체에 따라서는 무려 40년이나 부모가 돌보아야 하는가.

인간은 사회를 이루어 산다. 자연양육이 어불성설이므로 사회양육을 하면 된다.

프랑스에선 2015년 혼외 자녀가 전체 신생아의 57.6%를 차지한다고 한다.(다음 페이지 논문, 프랑스 인구통계연구소) 아기 열 명 우리나라는 2020년 현재 만0세 47만 원부터 3~5세 24만 원까지 어린이집 양육비를 지원하고 있다. 가정양육은 10~20만 원을 지원한다. 없는 것보단 낫지만 언 발에 오줌 누기다.

OECD 국가 중 양육정책에서 선두를 달리는 프랑스의 경우를 보자. 저소득층이고 자녀가 세 명일 경우, 3세 이하 자녀 1인당 탁아시설 지원비 863유로(118.4만 원/천 원 이하 반올림. 이하 2020년 7월 기준)를 받을 수 있으며 6세 이전까지는 423유로(58만 원)를 받는다. 가족수당이란 것도 있다. 연소득 67,200유로(9천 206.4만 원) 이하 가정에게 129유로(17.7만 원/2자녀), 295유로(40.4만 원/3자녀)가 지급된다. 이건 아이가 스무 살이 될 때까지 나온다. 이밖에도 이사지원금, 의료보험 등 자녀가 많을수록 다양한 혜택이 주어진다. 만약 내가 연소득 26,331유로(3612.9만 원)인데 만 1세, 3세, 6세 자녀가 있다면 매달 330.1만 원을 받을 수 있다.(한 아이 당 받은 126만 원의 출산장려금은 뺐다) 이 정도면 아이 키울 만하다. 그래서 프랑스에서는 집이 어려울수록 아이를 많이 낳으려 하며 '낳으면 나라가 키워 준다'는 말이 나오는 것이다. 프랑스는 1938년부터 2자녀 가족에 대한 가족수당을 시작할 정도로 양육에 대해 앞서 갔다.(프랑스 관련 부분은 주한 프랑스 대사관, '프랑스의 출산장려 정책'2017.4.12.)

중 여섯은 결혼식을 올리지 않은 커플이 낳았다는 거다. 결혼 유무에 신경쓰지 말고 낳으라는 말이다. 결혼 유무에 신경쓰지 말고 사랑을 나누라는 말이다. 이게 말뿐 아니고 법으로 인정해 주는 나라가 프랑스다. 동거커플도 결혼한 부부와 같은 권리를 갖게 법으로 인정해 준다.

비브 라 프랑스 Vive la France, 프랑스 만세! 그러니까 애당초 사랑은 법으로 규제하는 게 아니다.

그래서 하고 싶은 말이 뭐냐고? 아이 하나를 낳으면 남편, 아내, 남편의 어머니와 아버지, 아내의 어머니와 아버지 이렇게 여섯 사람이 걱정해야 하는 시대는 이제 종말을 고해야 한다는 얘기다. 사회 전체가 신경쓰면 된다. 우리나라에 돈이 없는 게 아니다. 쓸데없이 들어가는 돈이 많을 뿐이다. 이제 프랑스처럼 '아이를 낳으면 국가가 키워 준다'가 우리 사회의 모토가 되어야 한다. 프랑스가 하는데 왜 우리는 못하나? 결혼을 했든 안 했든, 법적인 부부든 아니든, 미혼모든 미혼부든 아이 낳는 이들을 국가유공자 대하듯 해야 한다. 부부가 '누가 아이를 돌볼 것인가'로 싸우기보다는 프랑스식 육아정책을 내세우는 정당에 표를 주는 게 지긋지긋한 양육의 고통, '가혹한 구속'을 벗어나는 길일지도 모른다.

양육이란 부모가 원하는 사람으로 키우는 것이 아니라,
아이가 세상과 조화를 이루는 자신만의 능력을 발견하고
좋아하는 것을 찾도록 도와주는 과정이다.

따로 또 같이

결혼한 남편이 아내에게 원하는 게 뭘까? 섹스? 돈? 안정? 살림해 주는 여자? 엄마 같은 포근함? 딸 같은 귀여움? 아니면 전부? 그럼 아내가 남편에게 원하는 것은? 섹스? 돈? 믿음? 가정적인 모습? 따뜻한 말 한마디? 아니면 모두? '남자는 애 아니면 개'라는 말이 있고 '남자는 그저 밥 잘 먹이고 섹스해 주면 된다'라는 생각도 있다. 오해다. 남자도 여자 못지않게 섬세하고 예민한 존재다. ―특히 중년 이후 남자는 여자 되고 여자는 남자 되다.

부부란 무엇일까? 결혼한 남녀가 부부? 좀 더 현대적인 개념으로 '반려'라고 생각하면 어떨까? 반려의 사전적 의미는 '생각이나 행동을 함께하는 짝이나 동무'다. 프랑스에서는 동거하는 이도 부부로 인정하고 대만에서는 동성부부를 합법화했다. 우리나라도 이제 부부의 개념을 바꿀 때가 됐다. 법이 무어라 하든 같이 살면 부부다.

2020년은 아마도 세계사적인 해가 될 것 같다. 코로나 19가 모든 것을 바꾸어 놨다. 우리의 일상, 행동, 태도, 관념, 사상까지. 여기서 팬데믹 이후의 세계를 논할 수는 없다. 나는 그럴 능력도 의지도 없다. 다만, 이 바이러스가 지구인의 생각을 근본적으로 바꾸어 놨다는 것만은 짚고 넘어가고 싶다. 이제 과거의 패러다임으로는 살아갈 수 없다. 우리 뇌를 교체하는 수준으로 정신 자체를 혁신해야 한다. 그 혁신의 기저에는 평등이 있다. 형평일 수도 있고 균등일 수도 있고 차별금지일 수도 있다.

코로나 19는 모두에게 평등하다. 트럼프 대통령부터 거리의 노숙자까지, 극좌 아나키스트부터 빤쓰 목사까지 가리지 않는다. 이 바이러스가 언젠가 극복될 것이고 그래야 하겠지만, 그와 무관하게 우리의 사상은 확장되었다. 구시대의 정신으로는 생존 자체가 불가능하다는 사상이다. 이를 결혼에 적용할 때, 실존이 법률에 우선한다. 그러므로 법적인 신고에 무관하게 동거인은 그 사실만으로 부부로 인정받아야 맞다.

지인 달마는 그녀를 "제 짝입니다"라고 소개했다. 달마는 제주에 살고 그녀는 부산에 산다. 한 달 중 반은 제주에서 함께 살고 반은 각자 따로 산다. -이쯤 되면 어떤 독자는 '소설 쓰시네'라고 할지도 모른다. 그런데 세상은 소설보다 더 다채롭다. 제주 이웃은 그들을 부부로 안다. 나 역시 그들이 부부라 생각한다. 아니, 이상적인 **반려**라고 여긴다. 법적인 문제는? 법적으로 부부가 아니어도 그들은 아무 불편함이 없다. 만약 두 사람 중 한 사람이 로또에 당첨되거나 거액의 유산을 물려받는다면 그때부터 법적인 문제가 생길지도 모른다. 또는 모아 놓은 돈이 많다면 나중에 그 돈을 처리하는 데 골치 아파질지 모른다. 이 두 사람은 아주 지혜로운 해결책을 마련했는데 그건 '돈을 모으지 않는다'라는 원칙이다. 많이 벌어 쌓아 놓는 대신 적게 벌고 조금 쓴다.

이 부부가 살면서 가장 중요하게 여기는 두 가지는 여행과 친구다. 자유를 느끼기 위해 여행하고, 돈에 눈멀지 않기 위해 친구를 가까이 둔다. 그들 집에 가 보면 종종 친구들이 와서 머문다. 나 역시 이 부부, 친구들과 함께 식사를 하고 와인을 마신

적이 있다. 200평 되는 그들의 '제주도 집'은 방이 다섯 개나 되었고 안마당과 파라솔, 텃밭까지 있지만 월세 30만 원이다.

달마와 그의 반려 분이 내게 한 이야기 중에 기억에 남는 어휘는 '따로 또 같이'다. 한 달에 반은 따로 살고 반은 같이 사는 삶. "그렇게 지내도 괜찮은가?"라고 물었을 때 부인이 답했다.

"한 달 내내 붙어 있으면 싸워요. (웃음) 보름쯤 각자 지내야 보고 싶기도 하지. 그리고 헤어져 있는 동안 각자 일을 몰아서 해요. 같이 있을 땐 효리네 부부처럼 놀고. 하하하."

좋다. 보름은 자유, 보름은 구속. 보름은 그리움, 보름은 지겨움. 보름은 이별, 보름은 해후. 보름은 노동, 보름은 휴식. 그리고 보름은 증오, 보름은 사랑. 그렇게 롤러코스터를 타는 게 우리네 인생인데 이들 커플은 아예 음양오행을 루틴routine 으로 만들어 버렸다. 한 달 주기로 감정과 일상이 '업 앤 다운up and down'하며 흘러가니 긴장과 이완 속에 애증이 유지된다. 물론 그중 '애愛'의 비중이 훨씬 크다. 너무 보고 싶고 너무 사랑해서 매일매일 붙어 있다는 부부보다 한 달에 반은 같이, 반은 따로 지낸다는 커플이 더 설득력 있는 미래의 부부상으로 느껴지는 건 나만의 착각인가? -부러운 건 또 뭐니? 이 커플의 생활방식을 아예 법으로 정해야 한다는 사람, 손!

마음 하나 꼭 맞으면

　사랑하던 여인이 있었다. 그녀를 이브라 하자. 우리가 만난 지 1년쯤 되던 날, 그녀는 자기가 살던 원룸의 침대를 들어내고 청소하길 원했다. 이브가 청소기를 가지러 간 사이 나는 침대를 들어 한쪽으로 옮겼다. 바닥에는 쓰지 않은 콘돔 하나가 떨어져 있었다. 그녀와 나 사이엔 늘 내가 준비한 브랜드를 썼으므로 그 피임기구는 우리 것이 아니었다. 그녀와 다른 누군가의 것이었다. 0.5초도 안 되는 그 짧은 순간, 나는 고민했다. '여기서 끝낼까?' 하지만 내 손은 얼른 그것을 집어 주머니에 넣었다. 그녀에게 아무 말도 하지 않았고 우리는 청소를 끝냈다.

며칠 뒤, 나는 그녀의 서랍 어딘가에서 또 다른 콘돔 무더기를 발견했다. 세어보니 8개였다. 다음에 갔을 때 7개로 줄어 있었다. 여덟이란 숫자가 일곱이란 숫자로 감해질 때 나는 상처받았다. 사랑하는 사람이 나 아닌 다른 누군가에게서 즐거움을 얻고, 그에게 같은 쾌감을 선사한다는 사실만큼 괴로운 일이 있을까? 마이너스를 기록한 피임기구여, 대답해 보라. 너는 무엇과 무엇 사이에서 부대꼈는지.

나는 고통을 안고 그녀를 만났다. 나를 볼 때 그녀는 내게 충실했으므로, 내 부재의 시간에 대해 그녀를 추궁할 수는 없었다. 말을 꺼내는 순간 취조가 될 것이었다. 취조는 수사관이 범죄자에게 하는 것. 우리 사랑이 범죄가 아니듯, 그들의 사랑 또한 범죄가 아닐 터이기에 나는 그녀를 선뜻 몰아세울 수 없었다. 나만 묵인하면 된다. 나만 참으면 된다. 시앗을 본 조선시대 조강지처럼 나는 허벅지를 찌르며 입을 다물었다.

그리고 두어 달 뒤, 사건이 터졌다. 그녀를 보기로 한 일요일 저녁, 약속보다 일찍 오피스텔에 당도했다. 엘리베이터에서 나오는 순간 그녀의 집에서 누군가 나오는 모습을 보았다. 그일까? 피자 배달부나 전기공사 하는 아저씨는 분명 아니다. 아마도 바닥에 뒹구는 피임기구를 애용했던 자이리라. 8개였던 숫자를 하나 줄게 만든 장본인이리라. 사랑도 하기 전에 흠집 난 마음으로 나는 이브의 원룸에 들어섰다. 그녀의 볼은 홍조가 가시지 않은 채였다.

"일찍 왔네."

이브가 숨을 고르며 말했다. 7개 남은 그것이 6개로 줄었을까? 은밀한 물건을 넣어두는 서랍을 열고 싶었으나 그녀가 보는 앞에서 그럴 수는 없었다. 순간, 침대와 나이트 테이블 사이 바닥에 '그것'이 눈에 들어왔다. 새 그것도 아니고, 뜯어지지 않은 그것도 아닌 날것의 그것. 액상 형태의 베이지색 내용물이 안에 채워진 채 버려져 있는 그것. 역겨웠다. '여기서 끝내자' 내가 참을 수 없는 것은 너희들의 섹스보다 이런 허술한 뒤처리란 말이다.

나는 그녀에게 결별을 선언했다. 그녀는 아무런 변명도 하지 않았다. 얼마의 시간이 흐른 뒤, 그녀는 내게 이야기했다.

"그 사람하고 10년 동안 약혼 상태였어. 양쪽 집안끼리 교류도 했고. 착하고 좋은 남자야. 자기를 만나고 '헤어지자'고 하니까 무너지더라. 못 마시는 술을 마시고 우울증에 걸려 정신과 치료를 받고…, 폐인처럼 지내다 회사에서도 잘리고 아르바이트나 하며 지낸대. 그러다 얼마 전에 찾아 왔어. 불쌍해서, 불쌍해서 내치지 못했어…."

　그럴 수 있을까? 아니, 그럴 수 있는지 없는지 따져야 할까?
옳은지 그른지도 중요하지 않다. 그녀의 변명을 듣고 일주일을
생각했다. 끝낼까, 다시 만날까. 끝내는 것이 옳을까. 용서하고
다시 만나는 것이 옳을까. 그 와중에 『장자』를 펼쳤다. '달생'편
의 한 구절이 눈에 들어왔다.

　　　신발이 발에 꼭 맞으면
　　　우리는 발에 대해 잊어버린다.

　　　허리띠가 허리에 꼭 맞으면
　　　허리띠를 찼다는 걸 잊어버린다.

　　　마음이 우리한테 꼭 맞으면
　　　옳고 그르다는 것조차 잊어버린다.

　'마음이 우리에게 꼭 맞으면…' 아! 그녀와 나는 마음이 잘
맞았다. 내가 개떡같이 이야기해도 그녀는 찰떡같이 알아들었
다. 그녀가 다음 단어를 생각하면 나는 그걸 입 밖으로 내놨다.
동시에 같은 생각을 한 적은 부지기수다. 세상 사람들 모두 아

니라고 해도 그녀만 기라고 하면 그만이었다. 우리가 그랬다. 우린 마음이 꼭 맞았으므로 옳고 그른 것은 중요하지 않았다.

10년 약혼 상태면 사실혼관계다. 그 긴 세월을 그리 쉽게 정리할 수 있겠나. 남녀관계란 참 이상한 것이다. 이별하고서도 보고 싶어 하고, 성격차이로 헤어졌으면서 성을 나누려 하니…. 사람들은 "갈라서면 끝이지"라고 쉽게 말하지만 어떤 커플은 결별하고도 서로를 진심으로 위하고, 어떤 부부는 이혼하고 나서도 서로를 챙긴다.

나는 이브를 용서할 필요가 없었다. 그녀는 착한 약혼남과 관계된 모든 것을 정리했고 우린 다시 사랑했다. 상처받은 작은 새를 앞에 두고 "너는 왜 그물에 걸려 다리를 다쳤니" "너는 왜 그렇게 날았니" "너는 왜 그 모양이니"를 따지는 것은 옳지 않다. 먼저 그 상처를 아물게 해야 한다. 나도 그녀도 상처받은 몸으로 허우적허우적 살아왔다. 세상에 상처 하나 없는 이 있겠는가? 흘리는 피 여며 매고 흐르는 눈물 닦아 주면 된다. 그게 사랑이다.

70세 생일에

난 아마도 곧 이혼할 거 같다. 아니, 이혼당할 거 같다. 좋은 남편이 아니었다. 좋은 남편이라면 아내에게 충실해야 한다. 난 충실했던가? 소홀했다. 좋은 남편이라면 아내에게 믿음을 주어야 한다. 난 믿음을 주었던가? 불신만 남았다. 40년 결혼생활에 아내 아닌 여자가 있었던가? 없었다. 아내뿐이었다. 그럼에도 난 일곱 번이나 고해성사를 했다. 마음으로 한 간음 때문이었다. 한번은 아끼는 제자와 잠자리까지 할 뻔한 적이 있다. 최후의 순간, 나는 정신을 차리고 그녀에게 옷을 입혀 보냈다. 그녀도 나도 혈중 알코올 농도 0.15 전후였다. 스무 살이나 어린 그녀가 내게 저돌적으로 대쉬해 올 때 나 역시 잠시 정신을 잃었었다. 새벽 5시에 귀가한 나는 뻔뻔스럽게 변명을 했다. 후배가 부친상을 당했다고. 아내는 그냥 넘어가 줬다.

아들딸 모두 결혼시키고 우리 둘만 남았다. 아내는 아직도 우리 결혼식 사진을 들여다보고 신혼시절 이야기를 한다.

"우리 아현동 살 때…, 반지하였잖아요. 대학 동창 근식 씨가 찾아 왔는데 난 참 부끄러웠어. 근식 씨가 날 좋아했거든. 걔네 아빠가 부산에서 국회의원도 나오고…. 근식 씨 집도 서울에 얻어 줬잖아. 나보고 몸만 오라고 했는데 난 몸만 있는 당신을 택했지. 호호호."

그래도 후회는 없다며 아내는 날 보고 웃었다. 자책하자. 조강지처인 저런 아내를 두고, 난 호시탐탐 기회를 노렸다. 누가 날 좋아하지 않나. 사업이 좀 성공해서 10년 전 돈을 손에 쥐자 난 기고만장해서 자서전을 내겠다고 설쳤다. 대필 작가를 소개해 주겠다는 후배에게 호기롭게 이렇게 말했다.

"예쁜 30대 여자 작가로 소개해줘. 연애도 좀 하게. 하하하."

후배는 웃는 척했지만 속으로 이렇게 생각했겠지.

'꼰대 새끼.'

난 기어코 젊은 여성 작가를 만나 구라를 풀어 놓았지. 내가 젊은 시절 얼마나 노력해서 사업을 일구었으며 얼마나 잘나가 는지. 아들딸 역시 얼마나 잘 키웠는지, 둘 다 명문대를 나와 지금 내 사업을 물려받겠다고 얼마나 열심히 일하는지. 아이들 이 모두 미국 아이비리그에서 석사까지 우수한 성적으로 졸업 하고 척박한 한국 땅에서 노력해서 성공가도를 가고 있다는 사 실을 이야기했을 때, 대필 작가인 그녀의 리액션이 좋았다. "정 말 대단하시네요." 난 중국집 룸 안에서 지그시 그녀의 손을 잡 았지.

"김 작가. 힘들지? 남편이 백수라고?"

김 작가는 살며시 손을 뺐지. 처음부터 너무 세게 나가면 안 되었기에 난 이렇게 덧붙였어.

"아이고, 내가 주책맞게… 미안."

그러면서 백만 원짜리 수표를 내밀었지. "어려울 텐데 부담 갖지 말고 써요. 내가 딸 같아서 주는 거니까." 놀라서 눈을 동 그랗게 뜨는 김 작가를 보면서 난 그녀의 벗은 몸을 떠올렸어. 이런! 또 마음으로 간음을 했네. 오늘도 고해성사를 해야지.

난 사실 좋은 아빠도 아니었다. 아이들이 자랄 때 자주 놀아 주지도 못했고 청소년 시절 반항할 때 품어 주지도 못했으며 실연당할 때, 이혼할 때도 공감하지 못했다. 대신, 유학비와 용돈은 두둑이 줬다. 세상엔 돈 없어서 공부 못 시키는 아버지가 천지삐까리다. 최소한 난 너희들이 돈 걱정 없이 클 수 있게 했다. 너희가 지하방 생활을 해 봤냐, 등록금 걱정을 해 봤냐. 남들처럼 대학 다니며 아르바이트를 한 시간이라도 해 봤냐. 아빠가 수입이 좀 되니까 경제적인 근심 없이 외국유학까지 잘 다녀오지 않았냐. 그럼 된 거 아니냐?

너희들은 툭하면 "아빠 우릴 너무 몰라"라고 하지만 어디 물어보자. 자식 속은 잘 모르지만 결혼할 때 서울의 30평 아파트 얻어 주는 아빠와 자식 속 너무 잘 알지만 결혼시킬 돈 한 푼 없는 아빠 중에 너희는 누굴 택하겠니? 흐흐흐. 그렇지. 전자겠지. 너희는 이미 그런 걱정을 하지 않아도 되는 선택된 소수니까.

나도 남자지만 남자란 참 이상한 동물이다. 밖에선 온갖 못된 짓 다 하면서도 때가 되면 집으로 기어들어 온다. 아내는 종종 말한다. "친구처럼 지내." 아내는 알고 있을까? 아니 느끼고 있을까? 내 와이셔츠에 묻은 붉은 립스틱 자국, 내 머리에서 나는 향수 냄새, 내 지갑에서 나온 호텔식당 영수증 등등이 말해 주는 정황을. 평생 일곱 번의 죄를 지었음에도 아내는 왜 나를 용서했을까? 내가 돈을 잘 벌어서? 불쌍해서? 조강지처 아니, 조강지부糟糠之夫라서? 어쨌든 우리가 가난한 신혼시절을 거쳐

온 것은 사실이다. 그때는 누구나 가난했다. 그 어려운 시기를 함께 극복하고 아들딸 낳고 지금 이 정도 살게 된 것이 다 아내 덕분이다. 내 이런 마음을 그녀는 알고 있으리라. 그리하여 반복된 용서가 습관이 되고 분노와 부정, 수용과 포기를 거쳐 달관에 이르렀으리라.

준비해야 한다. 황혼 이혼 혹은 졸혼을. 그녀는 복수의 칼을 갈고 있을 거다. 언제 저 검이 칼집을 벗어나 피맛을 볼지는 그녀만이 알고 있다. 오늘도 그녀는 필드에 다녀왔다. 한때 싱글을 기록한 그녀의 골프 실력은 90 전후다. 민폐 끼치지 않고 가끔 비용을 쏘면서 친구들과 어울린다. "당신보다 골프가 더 재밌어." 다행이다. 분기에 한 번씩 대학 동기들과 해외여행도 간다. 일주일에 하루는 장학재단 업무보고를 받고 이틀에 한 번은 민화를 그리러 간다. 가회동에 내가 마련해 준 그녀만의 화실로. "당신보다 그림이 더 좋아." 다행이다. 화초 가꾸기가 취미인 아내를 위해 가평에 작은 야외정원도 매입했다. 10,000평이 넓을 것 같지만 실제 현장에 가 보면 아쉬운 점도 많다. 유리온실을 짓고 연못을 파고 나니 사이즈가 좀 더 나왔으면 하는 마음이다. 한 3년 동안 아내는 가드닝에 전념했다. "당신보다 화초가 더 예뻐." 다행이다.

정말 다행일까? 골프와 그림과 식물 사이에서 그녀의 영혼
은 무사한가? 아니 내 영혼은 무사한가? 우리 사랑은 무탈한
가? 사랑과 영혼의 무념무상에 대하여 결혼 40주년인 오늘 밤,
그녀와 진지하게 이야기해 봐야겠다. 장소는 포도호텔이 좋겠
지. 메뉴는 양갈비 스테이크, 와인은 로마네 콩티.

저녁 식사자리에서 그녀는 서류봉투를 내밀었다. 올 것이 왔다. 도장을 꺼내려는 순간, 아내가 말했다.

"평생소원이 드디어 이루어지네. 카리브해 유람선. 한 번 봐요."

18박 19일의 크루즈여행 브로슈어였다. 다행이다.

명 석사가 제안하는 부부 십계명

1. 사랑하는 사람과 살거나 사는 사람을 사랑하라.

2. 결혼과 동시에 독립, 분가하라.

3. 남편의 가족과 아내의 가족을 동등한 에너지와 관심으로 대하라.

4. 맞벌이를 한다면 가사를 반분하고, 외벌이를 한다면 집에서 살림하는 이에게 임금을 지급하라.

5. 부부는 일심동체라는 말을 신뢰하되 맹신하진 말라.

6. 배우자의 사생활을 존중하라. 무슨 일이 있어도 그(또는 그녀)의 휴대전화, 노트북, 컴퓨터를 해킹하지 말라.

7. 1년에 한 번은 배우자 혼자 하는 여행을 예약해 주어라.

8. 부모님은 과거, 아이는 미래, 부부는 현재다. 현재를 보며 부부를 위한 삶을 살아라. 부부 가 1순위, 사식이 2순위, 부모님은 3순위, 나머지 사람들은 나머지다.

9. 부부가 1순위지만 나 자신이 0순위임을 명심하라. 내가 행복해야 나 이외의 사람이 행복하다.

10. 결혼할 때 들인 공과 세심함으로 이혼하라.

행복하고 싶은가, 결혼하고도

우리도 한때는 사랑했다. 그 사랑이 너무 뜨거워서 마음을 데이기도 했다. 헤어지기가 죽기보다 싫어 "늘 붙어 있자"며 같이 살았다. 바쁜 사람들 불러 놓고 성대히 결혼식도 치렀다. 그래 놓고는 어느새 아내가 혹은 남편이 '꼴도 보기 싫은' 존재가 됐다. 어쩌다 이렇게 됐을까?

그 정도는 아니더라도 무덤덤한 사이가 됐다. 봐도 그만, 안 봐도 그만이다. 결혼한 지 10년이 넘었는데 아직도 달달한 커플, 20년이 다 되어 가는데 여전히 뜨거운 사이…, 이런 건 허위다. 거짓이다. 자기 위로다. 생물학적으로 비논리다. 날이 갈수록 부부사이에 대한 상담과 조언과 원칙이 넘쳐나는 게 그 반증이다.

결혼 30년이 된 부부가 자식들과 함께 다정하게 여행 가서 찍은 사진을 SNS에 올리며 '여전히 신혼 같은 우리'라고 자랑한다. 이런 부부일수록 서로 불신할 가능성이 높다. 집착과 구속을 사랑으로 착각할 여지가 많다. 같이 산 지 30년쯤 됐으면 적당히 놔주고 적당히 자유로워지는 게 맞다. 그 긴 세월을 한 사람에게 얽매여 살아온 게 지긋지긋하지도 않나?

이 책은 왜 썼나? 행복해지기 위해 썼다. 그것도 이기적으로 행복해지기 위해서 썼다. 나도 한때 아내와 함께하면 행복했다. 그러나 언제부터인가 혼자가 더 행복할 때도 있다는 걸 알았다. 함께일 때도 행복하지만 혼자일 때도 행복할 수 있어야 한다는 게 내 생각이다.(아슬아슬하다) 이 책을 쓰면서 자료도 찾고 사람도 만나다 보니 명확해진 것이 있다. 부모보다 자식이 우선이고 자식보다 부부가 우선이며 부부보다 내가 먼저라는 사실이다.

고부갈등 못지않게 구부舅婦 갈등도 심각했다. 결론은 이렇다. 결혼과 함께 신혼부부는 그들의 부모에게서 떨어져 독립적으로 살아야 하며 이후 벌어질 육아와 자녀교육, 경제문제 모두를 온전히 책임지며 살아야 한다는 것. 세상에 좋은 시부모는 없다는 것. 좋은 장인 장모도 없으며 좋은 동서나 처남 따위는 더더욱 없다는 것. 그들의 간섭과 개입 자체가 넌센스다.

내 결론이 무리일까? 우리는 가족이라는 굴레 때문에 자기 자신을 너무 홀대한다. 얼마 전 모임에서 한 중년 남성이 "내가 건사해야 할 사람이 여덟 명"이라고 말했다. 누구냐고 물으니 "어머니, 아내, 딸 둘, 그리고 동생 넷"이란다. 힌두교 경전 우파니샤드에서는 나이 50세를 가정을 버리고 숲으로 들어가는 바나프라스타vanaprastha 시기로 규정한다. 바나프라스타는 '산을 바라볼 때'라는 뜻이다. 산 속의 숲으로 가서 자신을 찾으라는 거다. 자신도 찾지 못했는데 어떻게 타인을 돌보겠나? 여전히 가족 여덟 명에 묶여 있는 50대 사나이는 이제 숲으로 가서 단 한 명의 자기를 찾아야 한다. 나도 가야 한다. 당신도 가야 한다. 자식도 부모도 형제도 없는 저 숲으로.

부부가 평생 해로하면서 서로의 성장을 위해 존재한다면 더 바랄 게 없다. 결혼해서 수십 년이 되도록 사랑하며 아껴 주는 커플의 모습은 아름답다. 그러나 현실은 그렇지 못한 부부가 대부분이다. 싸우고 상처 주고 욕하고 저주하면서도, 같이 산다. 습관이다. 그렇게 사느니 차라리 헤어지는 게 낫다. 이성 부부로 살면서 미워하느니 동성애 커플로 살면서 사랑하는 게 낫다. 일부일처로 지내며 증오하기보다는 폴리아모리로 우애를 나누는 게 낫다.

이 책은 행복한 부부생활을 위한 안내서가 아니다. 21세기 한국에 사는 다양한 커플과 부부에 대한 흥미로운 보고서다. 독자들에게 때로 속 뻥 뚫리는 사이다가 되고 때로 가슴 꽉 막히는 고구마가 되길 바란다. 아직 싱글이라면 부부가 되는 것을 고민해 보길, 아직 부부라면 싱글로 돌아가는 것을 검토해 보길 바란다. 결혼이 행복을 담보하지 않듯, 이혼 역시 불행을 전제로 하진 않는다.

나는 불행한 동거보다는 행복한 별거를 종용한다. 혐오로 가득한 결혼생활을 하느니 자기애에 기반한 이혼 생활을 제시한다. 자기애가 먼저이며 자기를 사랑하지 않는 자는 아내도 자식도 사랑할 수 없다고 주장한다. 행복해지고 싶은가? (결혼하고도?) 그렇다면 우선 당신 자신을 돌보라. 나머진 모두 나머지다.

오늘도 다행히 부부입니다

초판 1쇄 인쇄일 | 2020년 12월 18일
초판 1쇄 발행일 | 2020년 12월 28일

지은이 | 명로진
펴낸이 | 박성면
펴낸곳 | 동아북스

출판등록 | 제406 - 2007 - 000071호
주소 | 경기도 파주시 문발로 115, 세종출판벤처타운 206호
전화 | (031)8071 - 5201
팩스 | (031)8071 - 5204
전자우편 | lion6370@hanmail.net

정가 | 14,000원
ISBN 979-11-6302-436-1 03810